中国当代文学名家精品集

甘心的
老墙

陈长吟 著

成都地图出版社
CHENGDU DITU CHUBANSHE

图书在版编目（CIP）数据

守心的老墙 / 陈长吟著 . -- 成都：成都地图出版社有限公司, 2025.4. -- （中国当代文学名家精品集）.
ISBN 978-7-5557-2781-1

Ⅰ. I267

中国国家版本馆 CIP 数据核字第 2025GE5829 号

中国当代文学名家精品集：守心的老墙
ZHONGGUO DANGDAI WENXUE MINGJIA JINGPIN JI: SHOU XIN DE LAO QIANG

| 著　　者：陈长吟 |
| 责任编辑：陈　红 |
| 封面设计：李　超 |

出版发行：成都地图出版社有限公司
地　　址：四川省成都市龙泉驿区建设路 2 号
邮政编码：610100

印　　刷：三河市人民印务有限公司
（如发现印装质量问题，影响阅读，请与印刷厂商联系调换）

| 开　　本：710mm×1000mm　1/16 |
| 印　　张：13　　　　　　　字　　数：200 千字 |
| 版　　次：2025 年 4 月第 1 版 |
| 印　　次：2025 年 4 月第 1 次印刷 |
| 书　　号：ISBN 978-7-5557-2781-1 |
| 定　　价：68.00 元 |

版权所有，翻印必究

《中国当代文学名家精品集》
编 委 会

主　编　王子君

副主编　沈俊峰　陈　晨

编　委（按姓氏音序排列）

　　　　　陈长吟　陈　晨　韩小蕙　李青松

　　　　　聂虹影　孙　郁　沈俊峰　王必胜

　　　　　王子君　徐　迅　朱　鸿

出版说明

2023年春,教育部等八部门印发《全国青少年学生读书行动实施方案》。随后,122家国家语言文字推广基地共同发出"典耀中华"主题读书行动倡议。一些具有文化情怀的出版社和文化公司,立即响应,策划各种适合青少年阅读的图书,《中国当代文学名家精品集》书系应运而生。

《中国当代文学名家精品集》书系由北京世图文轩文化发展有限公司(下称"世图文轩")策划,由成都地图出版社出版。我非常荣幸地受邀担任主编。

世图文轩成立于2010年,系北京市内乃至全国较有影响力的图书发行公司之一,曾获得"重合同守信用企业""诚信经营示范单位"等荣誉称号。长期以来,世图文轩和众多出版社就优质图书出版进行合作,获得了合作伙伴的一致好评。在"典耀中华"主题读书行动中,他们敏锐地抓住机遇,迅速策划主要以初、高中生为读者对象的大型书系选题,显现出他们的眼光、魄力与胸怀,以及对于文化市场的拓展理想。我相信,这样一家致力于图书策划、出版的公司,其品牌信誉是毋庸置疑的。

为成长中的青少年读者集中呈现名家优秀作品,是一件虽然困难,却功在当代、利在未来的大好事,我能参与其中,与有荣焉。我必须以一种高度的使命感、责任感以及担当精神来做好这个书系,成就这件大好事。

令人特别感动的是，刚开始组稿时，刘成章、王宗仁、陈慧瑛、韩小蕙、王剑冰、李青松、沈念等老师就对这个书系表现出极大的支持和信任，并在第一时间提供了书稿以示鼓励。很快，几乎所有得知此书系的作家都认为这是在为作家、为"典耀中华"主题读书行动做一件好事、大事。由此，我和我的临时编辑室成员获得了极大的信心，热情也更加高涨，此后连续十个月，我们整个身心都扑在了这件事上。

一个人只要用心做事，人们是会感受到的，也会默默地予以支持。事实上也是如此。随着组稿工作的开展，我们和作家们的沟通日益频繁，我们发现，他们除了都表现出对这个书系的兴趣与认可，对当代散文创作的发展、繁荣的前景，还有一种共同的期待与信心。这对我们无疑是一种更为巨大的鼓舞与动力。

组稿虽然也费了不少周折，但总体上比想象中顺利得多。当然，非常遗憾的是，一部分作者由于手头书稿版权等原因，未能加盟到这个书系。

组稿只是我们工作的一部分，更为具体、更为烦琐的，是审稿事务，它出乎意料的繁重，也占据了我们比预想的多得多的时间和精力。偶尔，我们也有点儿想放弃了，但是，想着这是一件功德无量的事，又兀自笑笑，继续埋头苦干。在这个过程中，感谢师友们对我们工作的配合、理解、支持与信任。

静下心来，切实感受审读、编辑工作的价值和意义。

书系里，名家荟萃，佳作如林。有的，曾代表过一种新的创作范式；有的，曾开启过一种创作方向；有的，对某一题材开掘出更深更独特的思想；有的，有引领某类题材与风格的新面貌；等等。毫不夸张地说，散文多角度多样式的表达，在这个书系里应有尽有，全景式、全方位地呈现出中国散文几十年的创作成果，是当代散文创作的一个缩影。

总体上，无论是题材、创作方法，还是思想容量，此书系都呈现了散文广阔的视野，让我们感受到散文天地的无垠无际。

具体来说，以下几个特点特别明显：

一、作者队伍可谓老中青完美结合。入选作者的年龄跨度最大达半个多世纪，上有鲐背之年的高龄名将，他们文学生命之树长青，宝刀不老，象征着老一辈散文家依然苍翠的文学生命力；最年轻的三十出头，他们雏凤声高，彰显散文创作的新生力量蓬勃兴旺的景象；一大批中壮年作家，是当代散文创作领域里当之无愧的中坚基石，他们的创作正处于繁花似锦的鼎盛时期，实力毕现。

二、题材多元多样，内容丰富多彩。书系中，既有涉及上下五千年历史的洒脱智慧的历史文化散文，又有让人惊艳的初次涉猎的新颖、独特题材。有人写亲情，有人写风景。有些人写自己的童年，让我们看到其成长时代；有些人写一个城市或一条河流的前世今生；有些人写自己对故乡的记忆，从更有新意的视角表现这个时代的巨变；有些人集中了自己几十年的写作精品，让我们看到他们的创作道路上的足迹；有些人专注于一个主题，开掘深挖，独具魅力；有些人关注时代、关注身边的人和事；有些人剖析自己的内心情感……总之，反映中华传统文化、红色文化和当代自然文学精粹的作品，在此书系里比比皆是，或温暖动人，或鼓舞人心。

三、风格百花齐放，个性特点鲜明。几十部作品，有的侧重写实，有的侧重抒情，有的注重开掘思想，有的追求内容唯美，有的描写细致入微，有的叙述天马行空……表现方式千姿百态。但无论哪种风格，无论如何表达，皆个性鲜明，情感饱满，呈现出思想性、艺术性、可读性兼备的特质，读者可以从中获得不同程度的启发，感受到散文的魅力。

四、女性作者跳出了人们对"女性散文"固有的观念。书系中占有一定比例的女性作者，她们的作品虽然仍保留细腻敏感的特色，但大都呈现出大气开阔、通透有力的格局。她们温柔而现代的行文表达，对读者来说有着更为别致的情感体验和人生借鉴意义。

总之，这个书系，将是我们打造阅读品牌的开端。如果你愿意静下心来阅读，你一定会有所收获。

习近平总书记在文艺工作座谈会上讲话时指出："优秀文艺作品反映着一个国家、一个民族的文化创造能力和水平。吸引、引导、启迪人们必须有好的作品，推动中华文化走出去也必须有好的作品。"我们希望，这个书系能成为读者眼里"正能量、有感染力，能够温润心灵、启迪心智，传得开、留得下，为人民群众所喜爱"的"优秀作品"。

在此，特别感谢沈俊峰、陈晨两位搭档的通力协作，我的编辑朋友梁芳、胡玉枝的倾力相助，以及世图文轩、成都地图出版社上上下下推进此书系出版的所有领导与师友的大力支持和耐心细致的工作。他们让我感受到了团队的力量。同时，也特别感谢出版方将我和我的搭档的作品纳入此书系，我们把此举视为对我们的"嘉奖"。

上述文字，不敢称"序"，不敢称"前言"，甚至不敢称"出版说明"，仅表达此书系的缘起和一些组稿、审读的感受，也许过于肤浅，还望广大作者、读者海涵。

《中国当代文学名家精品集》主编

目录

守心的老墙 / 1

莲湖巷 / 6

建国路的文脉 / 14

指路的钟楼 / 19

案板街 / 22

夏家什字街 / 26

白鹿书院 / 31

朱雀门外 / 36

古都札记 / 42

彩陶女 / 48

读者的故事 / 51

秦镇凉皮 / 55

天下汇通一碗面 / 57

"诗经里"的情调 / 59

沣水润我 / 63

渭河从这儿流过 / 67

空行记 / 73

清水头 / 77

走鲍寨 / 80

翠华意境 / 82

周山至水 / 87

紫槐园笔记 / 93

古豳之地 / 107

浅水原上 / 115

淳化 / 122

西凤 / 127

登上王烧台 / 131

秦中风韵 / 134

大柳塔速写 / 143

黄河剪影 / 148

守"钱"人 / 161

办刊人——记贾平凹办《美文》/ 165

壹号秘境 / 179

西安人的景观大道 / 187

秦晋大峡谷 / 191

陕北写意 / 194

守心的老墙

人这一辈子，要想做成点事儿，守心是非常重要的。

身之漂荡，可以停靠；心之漂散，难以归位。

静其心，凝其志，聚其神，集之力，是做事情的根本。

一

我曾在西安市区搬过七八次家。

那时，刚从陕南迁入古长安，单位没有宿舍楼，我就住在简陋的办公室里。后来，老婆孩子都来了，十多平方米的小小的办公室中有我工作的案头，有全家就寝的床铺，有老婆的化妆盒，有孩子的文具课本；是会客的场所，也是做饭的厨房……坚持了一段时间，觉得各项事情都受到影响，尤其是不能保证孩子安心学习，就在附近的莲湖巷内租了一间房，将床铺灶具挪过去。老婆在城南上班以后，便开始在她的单位周边租房，出于各种原因，住的时间都不长，少则数月，长则一年多，就得挪窝搬家。先后住过五味什字、五星街、保吉巷小区……不敢添置家具，不敢布置环境，连我的书，都用塑料绳子扎成捆放着（书如果有神经，早喊疼了），目的是随时准备搬家。多年的租房钱加起来，都快能买一处新房子了。

终于，我们在朱雀门内有了一套属于自己的寓所。它紧靠南城墙，位居市中心但又不喧嚣，可谓闹中取静。

那些年，工作环境也有些不如人意，便想去外地闯荡。我联系过兰州军区，联系过新疆生产建设兵团，联系过云南出版单位，但最终都未成行，可能这也是天意。

住到南城墙下，我的浮躁慢慢消退了，竟逐渐喜欢起这座古城来。

这与古老高大的城墙有关。

西安现存的古城墙建于明代，它的周长约有13.7公里，环护着整座城池。城墙的建筑系防御战争的需要，是市民人身安全的守卫，我觉得更重要的还是市民心理的守卫。因为有了高大的城墙在，就有了依靠，人心则不会慌乱，则能镇定地应对各种灾难，从而取得最大的胜利。

二

这城墙呈梯形结构，上宽12～14米，下宽16～18米，有三层楼那么高，在过去可以抵抗人为的争战，抵抗洪水的袭击，抵抗8级以上的地震。

墙的外围用厚重的大青砖层叠砌起，中心为夯土筑就。据说是用糯米水搅和着白土一寸一寸筑起来的，用尖利的长矛也扎不进去，绝不是豆腐渣工程。

城墙上能够行车，能够开展马拉松长跑运动，能够布置各种演出和大型展览，是多功能的文化地标。

前一时汶川大地震，西安有强烈的震感，有人就提议大家不必远跑，就睡在城墙上，肯定不会有事。

在灾难面前，人们又一次想到了身边的城墙。

凡是外地的朋友来,我首先推荐的景点就是城墙。因为它在世界上是独一无二的、不可重复的。那古长安遗存的雄风,只有登上城墙,尤其是在暮色苍茫中观望浑厚的城墙才能充分感受到。

三

城墙根是市民的乐园。

每天清晨,环城公园的树林中到处都是锻炼身体的人,有的打拳,有的舞剑,有的跳绳,有的扭秧歌……

每天傍晚,由许多群众自发组成的秦腔自乐班开始演出,在锣鼓、二胡、笛子的伴奏下,男女角儿轮流出场,虽然周围只有零星的掌声,但灵魂有时就需要一些小小的成就感来激励。

常常是一块草地、一个话筒,就形成了一个舞台,你可以上来演唱自己喜欢的歌曲,你可以朗诵自己写的诗词散文,抒情,或是消遣。

有个瘦弱的老太婆,在地上铺开塑料布出售小商品,以此来维持日常生活。

有个独腿老头,拄着拐杖销售图书。虽然大多是盗版书,但价格低廉,内容实用,也有着不错的收入。

还有绘画的,摄影的,理发的,卖小吃的,等等,形成古城弥漫着人间烟火的生活圈儿。

人是群居的动物,要有交流的地点,古城墙像一个横卧在大地上的宽厚的老人,用他的身躯为人们遮风挡雨。

四

自然的季节变化对我的提醒,也来自城墙下。

那儿栽种着许多花木，它们不声不响地应时开放。

每天来去匆匆，穿行于市井之间，突然看到城墙下迎春花儿绽苞开放，我意识到春天的脚步已经走近。

草色青青，蝶儿飞舞，那是夏天的光景。

树叶黄了，蝉声响了，那是秋意的暗示。

落雪之后，我爱去城墙根儿散步。满眼白茫茫，皮鞋踩在积雪上，留下一串长长的脚印，人有一种清爽的感觉。

五

城墙上开着许多门洞，供行人出进。

我们的院外是小南门，一条窄长的通道。

每次通过小南门洞，我都有一种经历时光隧道的错觉。从古貌井然的老城走进门洞，眼前突然阴暗下来，人仿佛进入了幽深的历史空间，须臾出门洞，抬头是强烈的阳光，蓝天下高楼耸立、华厦群起，我们来到了现代化的都市。

这是市政府保护古城的措施——城内尽量保持旧貌，石板铺街道，建筑要仿古，树木立两旁；城外高速发展，跟上时代前进的步伐。

西安是个旅游城市，外国人喜欢到古城里来看历史。有人会说西安城陈旧破烂，但到高新开发区、曲江新区、浐灞新区去看看，那些地方可以与任何现代大都市媲美。

据说西安人恋家，去外地打工的人很少，这与古城墙巍然屹立有关。它高大、沉着、稳重，保留下一股特有的让人眷依的文化气息和生活气息。

一个地方的自然地理风貌，决定了该地方人的审美特性和气质。

老实说，西安的环境过去是有些不尽如人意，烟灰浮尘多，晴朗天气少，但经过政府的大力治理，现在蓝天白云常见，绿树花木增多，使人另眼相看。

六

不管在外边多么忙碌、纷乱、生气甚至愤懑，只要回到寓所，面对着古城墙坐下来，我就会恢复平静。

在它的高大面前，我是多么渺小；在它的稳重面前，我是多么浮躁；在它的厚重面前，我是多么浅薄；在它的不动声色面前，我又是多么患得患失。

其实，只要你本身强壮，只要你挺胸站立着，就不怕任何风吹雨打。

要紧的是保持自己不变的姿态，坚持不懈地做着自己的事情。

让我守心的老墙啊！

莲 湖 巷

一

在偌大的西安市城区，要找到莲湖巷很困难，因为它太小，总共不足百米长。有些地图上只划了个"——"，没见写巷名。

它还是条封闭的巷子，走进去，然后掉头再出来，那一头不通。不过也好，曲径通幽，能藏东西。

巷子里住着十来户居民，设立了一个单位。

外地人来西安，在地图上看半天，也找不出莲湖巷，向本地的朋友打听，也有不少人搞不清它的位置。我常接到电话，问莲湖巷怎么走。我在电话中不厌其烦地解释："在老城内玉祥门里的莲湖路，莲湖公园东门口南隔壁。你乘出租车到大莲花池街派出所门口下车，旁边有条小胡同，进来就是。"

巷里唯一的国家单位，是西安市文学艺术界联合会。一栋三层小红楼，默默无声地藏在巷里。

小巷的邮政编码是710003，单位传达室的电话是87272187。我的电话嘛，就不说了，留点个人隐私。

我的办公室在三楼角上，窗下就是公园。公园面积不大，但还算精致。我看书累了，就站在窗前看风景。有时公园里一群人正在练舞蹈，摆着好看的姿势；有时老人们正在齐声歌唱，手捧词曲夹子非常认真；有时也有人在这儿选外景拍摄婚纱照，反光板映在新娘的脸上美丽多彩；有时花开了，众多的蝶儿在那边肆意蹁跹。树丛后面有一张露天长椅，经常见不同的恋人们坐在椅上拥抱热吻，他们自己可能觉得很安全，但却被我居高临下地观赏，一览无遗。不过我是安全的，站在窗玻璃后边，外边瞧不见，这是隐藏的好处。但我没有偷窥癖，也无意于眼羡别人，在三楼办公那是单位给的"特权"。不过看着楼下火热的生活场景，人心里倒有一股温暖踏实的感受。

公园里有个湖，面积很小，然可以划船，看到有人在足球场般大的湖中荡桨，我就忍俊不禁，纯粹是小孩子的把戏嘛。

记得我们单位有人说，这个湖对咱们单位好，水是有灵气的。但一个权威的人用权威的口气说，湖太小了，养不住咱们，咱们单位呀，龙多。

小红楼隐在莲湖公园的屁股后边，与公园仅一墙之隔，若在楼与围墙之间搭一块长木板，就可以直接进公园而不必绕圈子。但这只是我的个人想法，未被单位采纳，估计公园也不会同意的。据说这块地皮还是公园的财产，小巷也是硬挤出来的。那么，说不定哪一天，公园要扩大，我们就得拆迁搬走。这一搬，莲湖巷就彻底从城区地图上消失了。唉，建筑也有它的命运啊。

不过你放心，小巷即便被突然抹去，它曾经的辉煌，总会有人记住。

莲湖巷注定要在历史上留名，这是有原因的。

二

找莲湖巷的人，有一多半是冲着贾平凹来的。

小楼大概在1985年建成，此前，文联办公的老院子坐落在市中心的钟楼之下，因为要扩充钟鼓楼广场，据说是在一位大人物的关注下，小楼才迁建到这巷子里来。贾平凹是第一批上楼的人，那时，他只是一个编辑，低头看稿，埋头写稿，抬头投稿。20多年过去了，他成了知名作家、文联和作协的主席、杂志主编。一般的情况是，职务高升，楼层下降，但他的办公室，一直在三楼没动。其实他也不需要动，大人物都是"我自岿然不动"的。

可以说，贾平凹是从这小小的莲湖巷里走出去，走向全国、走向世界的。在他那闻名的小说《废都》中，就有关于莲湖巷及文联大楼周边地理环境的勾勒，有《西京杂志》编辑部的故事，有来去匆匆文化人身影的速写。尽管小说是虚构的，但环境描写常常会带些真实的影儿。

来找贾平凹的人，有以下几类情况：

一是报刊、出版社的编辑。平凹出名以后，不用自己再往外投稿了，只要有新作，各路编辑会上门索取。因为哪本杂志用了他的文章，此期杂志就好卖。他的长篇小说还未杀青，就有许多出版社的编辑住在西安静候，那几十万册的首印数，自然带来可观的经济效益。并且一不小心得了大奖，出版单位也会榜上有名啊。

二是求字的各界成功人士。平凹的书法，已经进入了商品领域，成为特殊的礼物。很多单位或个人，想打通关系办事，就将贾字作为"敲门砖"，别看那张宣纸又轻又薄，写上贾体书法以后，"敲门"的力量一点儿也不弱。平凹怕扰搅，便抬高字价，欲吓退求字者，但求字者却反倒有增无减了。酒好不怕巷子深，用在莲湖巷很合适。

三是文学爱好者。这种朋友最多，也最难招呼。他们不远千里而来，风尘仆仆，热情很高，就是想将自己的习作呈送贾作家评鉴指点一番，但平凹不可能一一接见，要不他就成了信访室的接待员。可那些文学痴迷者就是不走，常常坐在传达室里一等数天。当然，除了看稿子，还有想托平凹找工作的，介绍对象的，测字算命的……我只接待过一小部分，都感到麻烦无比呢。

有一天，我对平凹说："领导是不是该给我发加班费啊？"

平凹笑了："请你吃饭，巷口羊肉泡馍一碗。"

莲湖巷外边是大莲花池街，再往南走是麦苋街、大皮院街、北院门街，这一带系西安城内著名的回民坊，传统风味小吃集中区，洋溢着浓郁的伊斯兰文化特点。除了闻名的羊肉泡馍，还有羊肉小炒、水盆羊肉、灌汤包子、砂锅饺子、牛肉面、八宝粥、烤肉串、肉丸胡辣汤、蜂蜜凉粽子等。有时候上午开完会，大家就在附近填肚子。周围数十家饭馆，让我们吃遍了。平凹还带着外地来的客人，在巷外品尝地方特色。那小吃街上有些饭馆的名称，还是他给题写的。

三

莲湖巷里，先后出版了两种著名的文学杂志，一是《长安》，二是《美文》。

《长安》杂志1980年创刊，凭着新锐之气冲上文坛，当时与《青春》《青年作家》《广州文艺》一起，被称为市级文学刊物中的"四小旦"，很是红火。那时兴办文学讲习班，莲湖巷是文学青年们钟情的圣地，全国各地前来拜师求教的人不少。后来刊物扩大通俗内容走向市场，书商们也在巷内进进出出，甚为热闹。《长安》坚持了10年，繁华了10年，闹腾了10年，到1989年由于特殊原因才停刊。

1992年,《美文》杂志创刊,举起"大散文月刊"的旗号,以厚重广阔的内容、高雅大气的品位、清新脱俗的面貌,在文学界刮起大散文之风,受到读者的欢迎。杂志至今已出版了15年,邮发的订数恒久不变,像一棵长青树,被喜爱它的读者拥戴入眼。很多从事文学写作的人,非常看重自己的作品登上《美文》,好像那是创作征途上的一个台阶、一个标志。在全国各地文化界,也常能听到"我是《美文》读者"的自白。有些爱好收藏的人,曾四处搜寻这本杂志的创刊号呢。

在原来的《长安》和现在的《美文》杂志版权页上,都印着本刊地址:西安市莲湖巷2号。

于是,一些喜欢文学的人到西安出差,游览了兵马俑、华清池、大雁塔、碑林、古城墙之后,往往要找到莲湖巷里的《美文》编辑部来坐坐,来聊聊,来看看这本精品杂志的办公地和制造者。但他们走进狭窄的小巷,爬上简陋的小楼,常常露出失望的神色,惊叹说:"你们就在这么一条破烂小巷里办公啊?"我们回答:"是呀,我们就在这里,怎么了?"接着便听到一阵感慨:"唉,还以为莲湖巷是一个壮观美丽的大地方呢!"

对于外地人的议论,我们反倒觉得奇怪。可能是我们生活在这儿久了,已经习以为常了吧。

看来,对什么事都不要期望太高。一位先贤说:"光吃鸡蛋就行,不必看那下蛋的鸡。"用在这儿很合适。

据说邻省的武汉市文联、成都市文联,甚至绵阳市文联、洛阳市文联等都有比较像样的院子和楼房乃至文学艺术大厦。

我们没有大楼,但我们有《美文》杂志,它已经是古都西安被外界关注的文化名片中的一张。

四

  莲湖巷里，还有很多令人尊敬的精神食粮的劳动者、生产者。

  老作家权宽浮，半个世纪前就写出了优秀的短篇小说《牧场雪莲花》《春到准噶尔》，得到了茅盾先生的好评。他从新疆转业来到西安市文联，担任作协副主席，又创作了《人世公关情》《骊宫烟云》等一大批新作，最后依依不舍、满胸怅惘地从莲湖巷里退休回家，不久辞世。

  老诗人沙陵，20世纪40年代就开始出版诗集，后来从事编辑工作，培养了一大批年轻诗人。常常在召开文代会的时候，我就听到那些聚集在一起的诗人们说："咱们抽空去看看沙陵老师。"这是一种发自内心的尊敬，一种潜入血脉的感情。到了沙陵老师家，只要谈起诗歌，谈起原单位，谈起莲湖巷，他眼镜后边的眸子就会闪闪发光，立即激动起来，说话的嗓门高了许多。这种纯粹的文人，多么可爱啊。

  女作家叶广芩，原在某报社工作，写了不少东西，但影响始终有限，自从1995年调入文联，在莲湖巷里开始专业创作之后，好像找到了文源、找到了动力一样，艺术创作突飞猛进，其《采桑子》《全家福》等独特的家族小说脱颖而出，蔚为大观。接着她又写了《老县城》《青木川》等纪实性文学。

  诗人子页，原在政府机关工作，仕途光明，可他一心要献身文学，决然离开官场，到莲湖巷里来办杂志，其间历经风风雨雨，但文学之心不泯，先后写作出版了不少诗歌散文集，还有一部名叫《流浪家族》的长篇小说饮誉文坛。

  其他有才华的同事还有很多，我这里就不一一列举了，反正在这小小的莲湖巷里，聚集着强盛的创作力量，会有不少好的精神产品喷发出来，源源不断地辐射到世界各地的文坛上去。

五

我有许多文章，最后的落款都注明：X月X日写于西安莲湖巷。

这是有意为之。因为我要记住这地方。

1991年深秋，我从陕南举家迁入莲湖巷，参加《美文》杂志的筹办工作。那时，一家三口挤在三楼小小的房间里，这个房间既是办公室，又是宿舍，还是厨房、书房。常常在夜深人静，孩子睡着了，我在昏黄的电灯光下看稿、读书、写作。

有时郁闷，就半夜下楼，去公园里散步。听鸟语、闻花香、观湖景，心情就会安静下来、舒畅起来。

每到夏季，公园里池塘中的莲花开了，碧叶摇动，蓬朵鲜艳，清香弥散，引来很多摄影发烧友架起长镜头在那儿瞄准。

公园里有个茶座，是我接待文友、谈诗论道的地方。

我庆幸这小小的莲湖巷里有我的居所，有我的位置。

尽管它是那样狭窄，汽车开进去掉头都困难；尽管它是那样短促，几分钟就走到尽头。但在我眼里，它是那么安静，占市中心而不偏，闹中取静；它是那么优雅，居园上而观美景，赏心悦目；它是那么从容，远离商潮的逼压，洋溢着文学艺术的专业气氛。

如今外边有了住所，不用睡在小红楼上了，但我有时还会一个人去办公室留宿，体味那独具的快乐。

我还常常走进小巷深处，那儿的一些简易平房里，住着朴实的小手艺人。他们有的是钉鞋工，有的是补锅匠，有的在外摆摊修理自行车，有的专事开锁配钥匙，有的蹬车运货，有的缝衣补裤，生活得踏实而健康。从他们身上，看不到知识分子那种寂寞或忧愁，有的只是勤劳和快乐。

其实，我们也是手艺人，书桌是我们工作的平台，笔纸是我们运用的工具，奉献优美的文字则是我们的责任。

六

城中有街，街中有巷，巷中有人。人是根本。

每个城市里都有一些著名的地方。

这些地方有古老的，也有新兴的。

能够出名，总是有一些特定的原因。

我坚持认为，莲湖巷在西安市，无疑应该算一处人文胜地。

古都的文化史上，它值得大书一笔。

建国路的文脉

一

建国路这样的名字,在中国很多很多,常常于某个城市里溜达,抬头就碰到。

可西安市的建国路,在我心中是非常神圣的、不一般的。

说准确点儿,应该是建国路71号(现在叫83号),那儿新中国成立前是国民党84军军长高桂滋的公馆,南隔壁则是张学良公馆。不过高桂滋或者张学良跟我没关系,关键是,陕西省作家协会就在该旧居里办公。

第一次走进省作协大院,我不由得肃然起敬。进门就是仿古的亭阁,有木门木窗、木栏走廊,一种旷远深邃的气息,从屋中幽幽飘出,让人不可捉摸。绕过青砖围砌的喷水鱼池,穿越小门,进入后院,发现是典型的四合院,砖铺的地面被踩得闪闪发亮,有小草从隙缝中钻出。我小心翼翼地前行,怕滑倒,怕碰了草芽儿,更怕惊动了修行的神仙。

那时,在我眼里,像柳青、杜鹏程、王汶石等这些大作家,都是神仙下凡。

连传达室里坐着的那位老头,我都觉得他学问很大。

四合院不止一座，后边还有，府府相连，层层递进，推向深处。

我心里赞叹，作家们在这儿办公，真是再合适不过了。人与环境，非常和谐。

恍然若梦，其实已过去了30多个春秋。

二

1977年，我在南郊的陕西师大中文系读书。

那时，刚粉碎"四人帮"，文艺大解放，校园里的文学气氛十分浓烈。中文系创办了《渭水》铅印杂志，我们班也成立了"登攀文学社"，编辑油印"登攀文学小报"。第一期创刊时，想请名家给题写几句话，于是我想到了一个"神仙"，他是省作协主席胡采。

此前，我曾参加过全省文学创作会议，聆听了胡采老师的讲话，印象无比深刻。他个子高大，气宇轩昂，梳着背头，讲起文学来流畅自如，普通话悦耳动听。听说他参加过延安文艺座谈会，是资深的老评论家。

于是，我就冒昧给胡采写了一封信，说明请求。

一个礼拜后，我收到下边印着"西安市建国路71号"地址的来信，拆开一看，是胡老师的题词，用毛笔竖写在信笺上，同学们雀跃起来。

十几年后，我的散文集《这方乐土》在天津百花文艺出版社出版时，我请胡老为书写序。胡老以年近八旬的有病之身，写了2000多字的序文，最后几句话是：

> 在前进途程中，会有困难，会有不少困难。
> 对困难，一定要克服，也一定能够克服。
> 一次次克服困难的过程，也就是不断开辟、拓展前进道路

的过程，同时也就是不断增强胜利信心、不断积累丰富经验的过程。

更广阔更灿烂的前景，还在前头。

亲爱的朋友，加油吧！

我站在陕南安康小城的汉江边，捧读着这位文坛大家对一位文学青年的鼓励和祝福，不禁热泪盈眶。

据说这是胡老亲笔写的最后一篇文字，此后他手颤得厉害，便停止了写作。

三

大学毕业后，我被分配到安康地区文艺创作研究室工作。

只要有机会到省城出差，就争取去建国路71号走一趟，一是给《延河》杂志送稿；二是见见老师们，取点儿真经；三是到作协的大院里感受感受文学的神圣和庄严。

有一次，我在四合院里遇到了坐在藤椅上晒太阳读书的路遥，他站起来握手说："你写陕南山水的散文我都看了，不错，文笔清新，诗情画意挺浓厚的。啥时候有空，去安康看看。"

我连忙说："好啊，欢迎你来指导。"

那时，我在安康办"汉江文学讲习所"，就邀请路遥来给文学青年们谈谈创作。他到了陕南后兴致勃勃，讲课之余，去了汉水沿岸的很多地方。陕南的青山秀水，与陕北的黄土高原截然不同，对他来说是一种新鲜体验。

我请路遥给《汉江文学》杂志写稿，他说考虑考虑。

我一直盼着读路遥写陕南的文章。

可是，路遥早早地就丢下我们走了。他终于摆脱了创作这种沉重的劳动，把惊叹号留在我们心中，也留在建国路71号。

四

后来，我也到了省城工作，编《美文》杂志。

陈忠实接替了胡采，担任作协主席。

都在一个城里，距离也不远，但对建国路71号，我反倒去得少了，一是怕打扰他们上班，因为我体会到作家很珍惜时间，最讨厌别人来没完没了地闲谝；二是认识的朋友越来越多，见了都得打招呼，我这人又怯于应酬。

但有时候必须去。

那次，一位陕南老乡、文学青年找到我，想请陈主席给他题个词。于是，我给陈忠实打电话，他说："你来吧。"

傍晚，我带着安康的朋友按照约定的时间提前一些走进建国路71号，在他的办公室门口等候。一会儿，又来了三四拨人，都是约好了来见主席的。

陈忠实上了楼，看见我们，就对别人说："你们等等，我先接待远路的。"于是将我和老乡让进他的办公室，他按要求题了词，又送了我们他的新书，最后这位文学青年还申请与主席照个合影，他也答应了。

2004年秋天，受岚皋县政府的邀请，我陪陈忠实去参加该县举办的旅游文化节，攀登了南宫山，游览了神河源等景区。在山村，陈忠实为农家患病的老人捐款，乡亲们很感动。我也认识到作家与社会、作家与人民、作家善良的本性、作家慈悲的情怀是怎样在陈忠实身上体现的。

再后来，安康电视台要拍摄"文化名人与安康"专题片，主持人程云女士欲采访陈忠实，我又打电话联系了数次，完成了任务。

陈忠实那时已是中国作协副主席了,但他不摆架子、不作势,很给文学界朋友的面子,让人心存感激。

五

由于事业的发展和城市建设的需要,建国路71号后边的几座四合院老房子陆续被拆除了,院中崛起了两座水泥大楼,很气派。

有一座成了招待所。

有时去省作协,站在大门口,感到一阵茫然。

院子里边人来人往,车辆拥挤,显得乱糟糟的。

一些熟悉的、恬静的、神秘的东西不见了。

连71号,都升涨到83号。

只有门口那个作家协会的牌子没变。

六

建国路83号大院内,那仿古亭阁还在,好像是文物,要保护。

不过在高楼大厦的压迫下,它显得陈旧而低矮。

可是我看到它很亲切,仿佛见到一位熟悉的老朋友。

指路的钟楼

每个城市的中心,应该有它的坐标。
每个人的心中,应该有他的坐标。
古都西安的坐标,是钟楼。
我心中的坐标,是文学。

一

钟楼是西安城里最有名的建筑。

陕南山区的很多孩子,不知道长安古都是何物,但晓得钟楼的伟大。乡下流传着一个故事,说是几个省的人在一起比赛,浙江人说:"杭州有个雷峰塔,离天只有丈七八。"河南人说:"那不算高,河南有个少林寺,把天摩得嘎吱吱。"最后陕西人说:"那也不算高,西安有个钟鼓楼,半截戳在天里头。"于是,最高的当然要数西安钟楼了。

长大后到省城,第一个心愿就是去看钟楼,结果很失望——并没有那么高大神奇嘛!

其实,钟楼只有36米高,不过它的年龄却超过600岁了。它不像洋建筑那么花里胡哨,也不似新楼房那样细身长腰,它四四方方、稳稳重重地坐落在西安市的中央。它是西安城的中心点,然后,东西南北四条大街由此向外直线延伸，伸出了城门，伸向世界各地。

钟楼不炫耀，不欺人，耐看。有些建筑初看气势很巍峨，再看原来很平庸，最后就没有什么新鲜感了。钟楼呢，却是越瞧越有味道，它那金碧辉煌、曲折多变的外表后边，散发着沉郁的文化气息，显露着一个古老民族的审美精华。每次注视它，你都能读出不同的内涵来。

二

钟楼横空出世时，是为了报时，也是为了指路。一个城市里街巷很多，如果没有显眼的坐标，就会迷失方向，陷于混乱。

我去过广州等城市，常常为街道的走向而迷茫。它们没有规律可循，街头很多，连接复杂，走过好几次也难以记准。可是外地人来西安，却很容易就摸着路径，因为有钟楼站在那儿为你做向导。

多年前的秋天，我从陕南山城调入西安工作，住在莲湖公园后边小巷内的单位办公室里，不久，妻子带着6岁多的儿子来西安看望我。一天下午，我上班看校样，他们母子俩去逛街。突然，妻子从街上打来电话，惊慌失措地叫道："你快来，儿子不见了！"我问："你们在哪儿？"妻子说："在炭市街。刚才进商店，我在柜台前买东西，转眼就找不见他了。"我叮嘱她说："你就在原地别动，我马上过来。"

丢下电话，我下楼蹬上自行车立即狂奔而去。在这个几百万人口的大都市，一个学龄前的又是初次进城的儿童很容易迷失在人海中啊！

我飞出莲湖巷，穿越大莲花池街，拐过北院门，一边心急如焚地双腿蹬车，一边用眼光左顾右看地扫描、搜索两旁的人行道。

在西华门十字路口，我惊喜地发现了街那边儿子的小身影儿，就大声呼叫着他的名字。儿子听到叫声看见了我，急急跑过来，扑进我的怀中，哇地一下失声大哭。从东大街的炭市街口到西华门，有几公里的路程和10

多个街巷口,他竟然向回家的方向走来。我擦干他的眼泪,问:"刚才害怕吗?"他点头:"怕。"我又问:"哭了没?"他说:"开头找不见妈妈,哭了,后来走着走着看见了钟楼,就不哭了,我记得要从这儿拐弯。"

我的眼泪涌了出来。

望着远方默默屹立的钟楼,我感恩不已。

三

我常去钟楼下边转悠。从我的住处散步到那儿,也就20分钟的路程。

钟楼下边有两处地方,是我生活中离不开的场所,一个是邮局,一个是新华书店。

给远方的朋友寄挂号信,要去钟楼邮局;取稿费,要去邮局;买新到的各种杂志,要去邮局……邮局东边就是新华书店,我常常在节假日走进去,半天才出来。我家中的很多外国文学新著,就购于此店。我的新书《行色匆匆》,就在该店举行的首发签名售书仪式。

现在,与朋友约会碰头,地点最多也是在钟楼下边,因为大家都熟悉。

西安城有了这座钟楼,才彰显出古都的气派,才衬托出历史的厚重。钟楼照亮了这个城市的中心地带,也温暖了市民心底的情愫。

四

古老的城市都有它标志性的建筑,这些建筑历经风雨不改雄姿。

它们像世纪老人站在大地上,看岁月浮沉,人流穿梭。从它们身边经过,后来人需要仰视。它们虽然不动声色,但给后辈人带来一种信任感、依赖感。

建筑是人类忠诚的伙伴。

案　板　街

一

西安城的很多地名饶有趣味，与人们的日常生活息息相关。比如，钟楼东边十字路口的两条小街，南头的叫骡马市，是过去骡马牲畜的交易市场；北头的叫案板街，是古时出售案板的专卖店所在。

给案板开辟一个市场，说明它的供需量非常大。关中这地儿生产麦子，少有稻谷，因此主食以面食为主，擀面皮就离不开案板，并且要宽大些好。过去妇女在厨房里忙活，最讲究一把好刀和一张大案板。刀利了切肉、切菜省力，案板大了能施展得开，擀出的面条筋道。

现在在案板街，早看不到那些沉重的、厚实的、用上好木头制成的大大小小、方方圆圆的各种案板了。我爱去那儿，主要是那儿的街头有家摄影器材店，街尾有个剧场。这剧场叫"易俗大剧院"，它的背后就是易俗社，也是我今朝写文章的兴趣点。

案是一个平台，有书案、画案等等。我觉得易俗剧院就是一个戏案子，专事唱戏、表演的地方。当然这个案子很大，恐怕有100张案板拼起来那么大吧。

最近，易俗大剧院装修一新，高处立着一个大大的兵马俑，前边墙壁上还悬着几排小兵马俑，也不知它们是在演出，还是在站岗，不过它们很有特点，很有气势。

易俗社的新剧目都在这儿上演，主要是地方剧种秦腔。

二

我看过一些史料，知道易俗社创办于1912年，那是中国新文化运动的酝酿阶段。当时军阀混战结束，中华民国政府成立，教师出身的同盟会成员孙仁玉联合李桐轩等文化人士，发起组织戏曲社，用他们自己编演的新戏曲来传播新观念，影响和改造社会。它的宗旨是"移风易俗，辅助社会教育，改良戏曲，救济贫寒兄弟"。

孙仁玉既是这个民间艺术社团的组织者，又是一个剧作家，他创作了大小秦腔剧目100多个，一上演就广为流传。那时，西安城周围的戏迷非常多，凡有新剧在当时的露天舞台上演，或者民间节日期间，观众便人山人海，还曾发生过踩死人的意外事件。

易俗社有计划地普及了秦腔，并且给秦腔赋予了新的内容和思想。

解放后，根据周总理的指示，易俗社被收为国营的演出团体。

如今除了陕西各地，甘肃、宁夏等地尚有专业的秦剧团，说明了这个剧种的影响力和受欢迎程度。

易俗社保留了一种历史，承载了一种文化，传播了一种精神。它已有百年社龄了，是国内传统悠久的正规剧社，也是世界上最古老的剧社之一。

现在，易俗社被国务院列为全国重点文物保护单位，但它不是那种过时了的、文物式的、僵化的陈列或展示，而是充满了当代生活的活力。

三

　　易俗社的成立和兴起，受到了社会各界的关注与支持。陕西第一任掌握党政军大权的张凤翙都督，就曾给易俗社捐过款，还被大家选为名誉社长。

　　1924年夏天，鲁迅从北京乘火车到河南，然后坐船沿黄河缓缓而上到陕西，辗转一个星期来到西安。他白天为西北大学暑期学校讲课，晚上到易俗社看秦腔演出，对西北这个地方剧种充满了兴趣。其间恰逢建社12周年纪念，他就欣然提笔写了"古调独弹"的匾额赠送给易俗社。到社里参观的时候，听人说活动经费困难，鲁迅便在离开西安时，从讲课所得的报酬中拿出五十大洋，捐给了易俗社。鲁迅离开西安的前一天晚上，时任省长的刘镇华在易俗社设宴演剧送行。

　　易俗社除了是演出场所，同时也是一个戏曲学校，他们将培养人才看得很重要，先后招收了近千名学生，毕业后分赴西北各地，成了秦腔艺术的传承人、传播人。

　　孙仁玉经营易俗社22年，他因病去世的时候，著名京剧表演艺术家梅兰芳送了挽幛，上写"广陵绝响"，杨虎城将军也送来挽幛，写着"令名不朽"几个大字。

四

　　我生活的城市，是秦腔的世界，剧院里上演着秦腔戏，电视上有"秦之声"专题节目，有关部门举办着秦腔大赛，连朋友们聚会时都有人表演秦腔唱段。离我住处不远的环城公园里，则有不少秦腔自乐班子，吹拉弹唱齐全。一些瘦瘦弱弱的人，看上去没劲儿，一旦开口唱秦腔，那种气势让人惊讶。唱秦腔又叫吼秦腔，它不是随意张口唱的，而是攒足全身力气从肺腑里喊出来的。

秦腔只能由兵马俑的后代来唱。

秦腔只能在西北的土地上升腾。

在全球化的今天，是秦腔为这座城市的艺术保留了一缕独立特质。这种远古逸来的宏声大乐不会被其他外来文化所同化消解，因为它是特种元素，质地坚硬。

秦腔的发展和提高，离不开易俗社的贡献。

一条小街和一个团体，脉传着千古长安的煌煌神韵。

夏家什字街

一

夏家什字在西安古城内的西大街那块儿，从桥梓口向南走，第一个小十字路口的西边就是。

它不长，有200来米吧。古长安的老街很多很多，但与我有直接关系的，是这条小街。

5岁以前，我在这条街上成长。那时，小街的两边都是老式四合院，透着古幽的气息。街面铺着大青砖，干净而整洁。我们全家住在南边的一个院内的一间厢房里，有时候下雨，站在走廊上，看那亮晶晶的一排细线儿织成巨大的雨帘子，从房檐上铺下来，神奇而壮观。我端着面盆去接雨，心里想着这天水可比井水珍贵呢。

人幼年时的大脑发育不成熟，能够记下的东西不多。我印象最深刻的，有这么三件事。

一是我们房里头顶的天花板上，开着一个大大的四方形口子，可能是往木阁楼上放东西的通道口。但它就在我床铺的右上端，只要躺下去，就得面对着这黑乎乎的口子。我常常觉得会有魔鬼从那儿出来，父母在的时候，就贴着父母睡，父母出去上班了，我就用被子盖着头，让它看不见我，心里就会踏实一些。

二是我不喜欢上托儿所，有一次就从托儿所跑了出来，可又没地方去，又怕别人发现，就躲在大院门口厚厚的、高大的木门后边。老师发现我不见了，急忙到街头的缝纫社告诉了我母亲。母亲回家一看我不在，就立即给在小寨商场上班的父亲打电话。父亲也赶回来，两人一起找儿子。正焦急时刻，忽听大门背后有鼾声，拉开一看，我蹲在门后睡着了，脸上有泪，有鼻涕，有灰尘。母亲一把抱起我，就哭了。

第三件事是我与街上的小朋友打架。不知怎么回事儿，我在街上是比较孤独的，常常被老户人家的孩子们排斥在圈外。我因孤单，也就不去扎堆儿，但你不找事，事要找你，有一次，终于发生了冲突。我们隔壁的大院好像是一家戏班子，门前插着木刀、木剑、红缨枪，院里常有锣鼓声，气势很盛，这家的男孩子，就成了街道的娃娃头儿。他带着几个伙伴手挥刀剑向我冲过来，我势单力薄，急忙撤退，回到院内，关起大门。娃娃头儿将红缨枪戳进门内来刺我，我抓起枪头一拽，那木枪头就脱落了。武器被损坏，回家要挨大人骂，娃娃头儿在院外着急了，恳求我将枪头还他。从此，再没孩子敢欺负我。我得出一个结论：一般小事不在乎，关键时候不糊涂，威信靠自己树立。

20世纪60年代初，自然灾害严重，国家号召干部出城下乡，我们就跟着父亲，翻过秦岭回到陕南老家。

二

再来夏家什字，已是17年后了。

我在南郊的师范大学上学，星期天没事儿，就到夏家什字转转。

夏家什字变了样儿，南边的一排四合院已经被拆除，盖成简易楼房。北边的那些大院还在，但门口成了菜市场，菜摊扔的垃圾，各种腐烂气味儿，阵阵扑鼻；叫卖声、鸣笛声、吵嚷声、声声入耳。眼前的景象混乱一团，人要走过去得绕圈儿插空儿。

我寻找自己住过的四合院，已不见踪影，只能记得大概方位。

幸好，泽秦大伯家的老院子还在，我就去敲门。院里有人回音，我报了自己的名字，院门打开，三姐说："是你啊，外边都是卖菜的，所以平时大门关着。"

这是个三进的老院子，前边几间平房里，住着三姐一家，穿过窄道，中间的院子很大，青砖铺地，幽雅静谧，靠里边一排灰瓦砖墙，木门木窗，雕刻精致，气势古朴的房里，住着大伯和他的小女儿一家。

那时，大伯在家闲着没事，每天就是看看书，看看电视，写写书法。话题当然是从回忆开始，大伯与我的父亲关系很好，一再说我们一家不该回陕南农村去。但当年父亲是党员，是干部，带头下乡的态度坚决，他也劝止不住。

此后，我常在星期天去夏家什字，与大伯聊天，其实也是学习。大伯知识渊博，是文物鉴定专家和著名书法家，但他心态平和，淡泊名利，很少出外去露头展脸参加活动赶热闹。但他又不酸腐封闭，对当前的人和事常有自己独特的、清醒的看法，并且谈笑风生，幽默自然，给人启发。

每次见到我去，大伯就要吩咐："多下点米，长吟来了。"

似乎我从饥饿的农村来，又正值年轻体壮，能吃饭。

这种细致入微的关切，让人感动不已。

那时，四婆还健在，住在后院的一间小房里，我也常到后边去看她，陪老人说说话。四婆有退休工资，虽然不多，但她常常从枕头下摸出几元钱塞给我，让我买书或者买食品吃。

几年大学期间，夏家什字街17号院子，给孤独的在外求学的我带来许多抚慰和温馨。

三

又是 10 年过去。夏家什字街上的老房子全部要被拆掉,地皮已被卖给房地产开发商,商人要在这儿盖高楼大厦。

为拆除夏家什字街 17 号院,还闹起一场不大不小的风波。

17 号院的老主人是民国皖系军阀、陕西督军陈树藩。

为留下这座老宅,陕西许多报纸都刊发了呼吁保护文物的文章,但没有奏效。文物部门无可奈何,只好对这座百年老宅进行保护性拆迁。

2004 年 4 月 17 日,在文物保护人员的专业指导下,开始对老宅进行人工拆除,屋顶那些雕花的檐瓦、墙壁上古色古香的格子门窗等,都会仔细拆下,并尽可能地保持其原状,以后再考虑异地重建。然而,18 日上午,当文物保护人员再次来到现场时,却发现一夜之间,老宅已变成一片废墟,被人强行拆毁了,那些完全可以留存的具有传统风格的雕花构件等,有的被拿走,有的被破坏,最后只剩下两棵百年梧桐树孤零零地站立在那儿,它们被转移到小雁塔文物保管所内去养护了。

四

现在从夏家什字街附近经过,我还会转进去看看。

那些古气早已不复存在,连那些嘈杂的热闹也消失殆尽。

窄窄的街道坑洼不平,一边是高高的围墙。墙里好像一直在施工,几年了,工程还没有完工。

围墙上贴着大幅房产广告,价格很高,普通老百姓不敢问津。

街上行人很少。

我像个不合时宜的游民,在那儿停停、看看、闻闻、想想,回来还写了这篇挽歌式的文章。

　　我也只有写文章的权利。我想让古老的夏家什字街在我的笔下留下一点儿历史的遗迹，仅此而已。

白鹿书院

一

白鹿书院成立于 2005 年 6 月 28 日，院长是陈忠实。忠实是我文学上的兄长。

西安东郊有一块平地崛起的白鹿原，中国文坛上也有一部丰碑式的作品《白鹿原》，供奉着这部长篇小说的白鹿书院就坐落在高高的白鹿塬头，它平静地俯瞰着关中大地。

我参加了白鹿书院的成立大会。那天，曲江宾馆的场面十分壮观，名流云集，气氛热烈，像过节一样。

其实，白鹿书院成立的时刻，就应该是一个文学的节日。

此后，书院曾开展过一系列学术活动，但我没有参加，所以一直没去看过书院的实际布局。它在我的脑海中只是一个名称。喜欢摄影的人，比较注重具象画面的记忆。

两年后，2007 年 9 月 17 日，陕西省作家协会第五次代表大会在西安古城的止园招待所召开。那天见了忠实，我把自己新印的摄影图文册《摄影诗》送给他，里边收有他的两张肖像，一为"烟民陈忠实"，一为"陈忠实的忧郁"，系前年我们在陕南南宫山参加旅游节时所拍。下午散会后，听李凤杰说，他们坐在主席台的后排，忠实从包里掏出《摄影诗》闲翻，旁边的几位作协副主席也拿过去看了，都觉得我的摄影作品有味道。自己的孩子总希望别人说好，这是人之常情，我心里也高兴了一下。

第二天选理事，再选主席，最后在大会上公布结果。贾平凹当选主席，陈忠实因年龄原因（已65岁）退任，被聘为名誉主席。

平凹在闭幕式的讲话中说："在这里，我要特别提出，我们的上一届主席陈忠实同志，在14年里为陕西文学事业作出了巨大的贡献，他以作品的杰出性和以文学的神圣性为精神，对陕西文学事业劳心劳力的热忱和辛苦，为陕西文坛争得了荣誉，赢得了尊敬，为我们树立了学习的榜样。在此，让我们以热烈的掌声向他致以崇高的敬意和感谢！"

会场上响起了三次经久不息的掌声。

许多老作家热泪盈眶。

忠实上前与平凹握手，以示祝贺，并对大家说："平凹是一个有着广泛影响的作家，而且为人很谦和，祝愿他，也相信他，能把这副担子挑好，能团结全省的文学创作及研究队伍，把陕西文学事业发展得更好。"

陕西文坛的两位掌门人，用他们写出巨著的手，传递着文学的信息和希望。

散会以后，我心头涌起一个强烈的愿望——去参拜白鹿书院。

因为那儿是忠实兄的精神所在。

二

西安这个地处黄土高原边缘的古都，今年的天气特别好，尤其是入秋以来，空气质量一直上乘，蓝天白云，阳光明媚，城墙上的旌旗也飘得鲜亮夺目。

中秋节前的一个下午，我带上照相机，前往白鹿书院。

出发时给邢小利（他是白鹿书院常务副院长）打了电话，问清了乘车路线。

我在火车站上了240路公交大巴，车向南行，到兴庆宫公园折头朝东，中间经停了10多个站，最后跃上白鹿原的盘道。虽然已是秋季，但两旁的树木依然郁郁葱葱。在南方，可能枝叶都偏黄转红了，可白鹿原仍在夏绿的包裹中。

一个小时的车程，就到了西安思源学院的大门口。下车东行几百米，路南有一个铁门，门柱上挂着"白鹿书院"铜牌，是陈忠实亲笔书写的。

小院内干净清爽，接待我的小李说，这儿是一个园林公司。

果真，院坝上月季花开得灿烂，红的黄的交织成一片锦绣，再远处还有培育苗木的暖棚，是思源学院学生的实验室。

小院的南边，坐落着两个连体青砖仿古式四合院，东头的那院，门顶悬着写有"白鹿书院"的牌子。

大门是木质的，上边铆着圆铁钉、虎面门环。院内青砖铺地，有正房三间，偏房四间，方格木窗，竹帘遮户，一派关中农村古建筑风格。

书院的工作人员都进城办事去了，房门紧锁，无法看到内部结构。小李介绍说，正房叫"上林春"，是陈忠实的办公室；门外是邢小利书写的"书香鸿儒至，云低高士眠"对联；里边三室，中为会客厅，置放着全套仿古家具；两侧一为卧室，一为书房。陈忠实不在书院住，只有开会和接待贵宾时才上塬来。偏房里住着副院长及工作人员。书院现有两位副院长，两位值班人员，两个司机师傅，一个财务管理干部，一个网站编辑，共8人，活动经费由思源学院提供。

白鹿书院分为两部分，一是这个办公用的四合院，另有一个"陈忠实文学馆"在思源学院的校园内。

我们出了四合院,出了园林公司的铁门,斜穿过马路,进了思源学院宽敞的大门,迎面是金石广场,那个石块中包藏金珠的大型雕塑颇有创意。越过广场,穿过几条小路,看到了一池水,叫"思源湖",周边有不少学生在读书。校园最里边的高大建筑是图书馆,陈忠实文学馆就在东侧的二层附楼上。

上了楼,进馆最先看到白鹿书坊,出售陈忠实的各种著作以及陕西其他作家的新作。陈忠实文学馆以图片展览和文字说明为主,首先是序言大厅,有前言、馆主的巨幅照片、著作年表及获奖目录。主馆分六个部分,第一部分的标题是:踏过泥泞五十秋——陈忠实的生活道路;第二部分的标题是:独开水道也风流——陈忠实的创作历程;第三部分的标题是:一部民族的秘史——陈忠实与《白鹿原》;第四部分的标题是:原下的日子——陈忠实近年生活与创作;第五部分的标题是:历史与世界——多维视野中的陈忠实及其创作;第六部分的标题是:一个原,两个人——白鹿原,陈忠实与周延波(周延波系西安思源学院院长)。

使陈忠实文学馆显出生动来的,是一组泥塑人物群像。这是青年陶艺家李小超根据小说《白鹿原》中"白灵满月"一节的场面创作的。一院子的乡下人围着一张张方桌坐席吃饭,人物姿态各异,男女老少夸张变形,使生活气息更浓郁原始。

我在墙壁上看到陈忠实书写自己的一首诗,很有意味,就抄了下来,内容是:"忆昔悄然归故园,无意出世图清闲。骊山北眺熄烽火,古原南倚灼血幡。魂系绿野跃白鹿,身浸滋水濯汗斑。从来浮尘难化铁,十年无言还无言。"这首诗道出了陈忠实的某些心态,他为了创作《白鹿原》,躲在乡下老屋一住就是数年,耐得住寂寞与清苦,终于结出硕果。

作家存世靠的是创作,作品才是无言的丰碑。

陈忠实文学馆是2006年12月启动兴建的，这样规模的当代作家文学馆全国不多，这无疑提高了西安思源学院的学术品位和文化含量。周延波院长说："大楼起而大师至，大师至则大学兴。"真是一种卓见。

下课的铃声响了，学生们涌出教室，图书馆前的喷泉开始运作，水雾流动，造型独特，那种现代园林精巧的工艺智慧与巍峨壮观的图书大楼形成和谐的氛围。

三

思源学院围墙外就是倾斜下去的坡沟，校园则像一个高高在上的现代山寨。

站在图书大楼的顶层，可以俯瞰远景，视野十分开阔。向西望去，古都西安的高楼密密麻麻层叠排列，呈现出一种国际大都市的宏伟气派。特别高跃的，是电视塔的塔尖，还有体育场西北的第一高楼的楼顶。向南望去，则是山的脊线，近处黑灰色的是沟壑那边的少陵塬，其后浅灰色的稍远的朦胧起伏的山齿则是秦岭了。

夕阳用金色涂抹着世界。

白鹿书院在地理上处于一个高度，同时在精神上也处于一个高度。

这是我参拜后的感受。

朱雀门外

水写的大字

宏伟而古老的砖墙,将偌大的城池围起来,形成严密的格局。城门洞仿佛时光隧道,人们走进去,进入阴沉的历史,须臾从这头又穿出来,回到现实。

我住在城里,每天要从城门洞里穿越多次,每天都经受着岁月更迭的投影。

前一时,常看到一个卖报老头的身影。他把装着报纸的自行车撑在城墙边,然后手挥一杆大笔,蘸着小水桶里的清水在地上写字。他个子不高,瘦瘦的,穿一身工作服,戴一顶旧布帽子。他手中的笔有一米长,笔杆是家庭打扫卫生用的普通的拖把竹棍儿,笔头也不是毛质的,就是扎起来的一束布条。人行道上的石质地面就是他的纸,他在上边一遍一遍地写着大字。老头写的是规整的楷书,内容几乎不变,都是毛主席语录。

这位地面书法家,受到南来北往行人的关注。

有人称赞说:"这老头字写得不错。"

有人鄙夷道:"这老头有神经病呢。"

偶尔有外国游客经过，伸出大拇指感慨："西安的，不简单，连卖报老爷爷，书法都这么好！"

老头对所有人的评论一概不理，好像没听见，又仿佛那些挥毫表演的旁若无人的大书法家，把精气神全贯注到手腕和笔端上去了。

水写的大字，在太阳的照射下虽然闪闪发光，但很快就干了，消失了，在大地上什么都没有留下。

老头坚持着他的行为艺术，时而在城门外，时而在城门里。

看多了，人们就不再议论了。

忽然有一天，我看到报上的一条消息，说是全市职工书法大赛一等奖的获得者，是一位老工人，他几十年如一日地坚持练字，其书法艺术受到专家的好评。同时，报上还登了获奖者一张照片和一幅作品。我仔细一看，这不正是用水在地上写字的卖报老头嘛。

就是他。其实他是很理智的，意志是很坚定的，一边卖报纸挣些吃饭钱，一边利用空隙钻研书法。废拖把是笔，水是墨，地面是纸，几乎不用成本，就练出了非凡的腕力，练出了对中国字形间架结构的把握，练出了对书法艺术的理解，练出了人生成长的某些轨迹。

老头出名后就不见了，我一打听，原来是被聘请到少年宫去教孩子们写大字了。

我仍然在城门洞里进进出出，城内是历史建筑，城外则高楼崛起，只有城门洞这条幽暗的时光隧道进行着执着的连接。

踩着坚硬的石质地面，我常常想起卖报的老头和他那水写的大字。

水写的大字，在太阳的照射下闪闪发光，显出了瞬间的精彩和辉煌，但很快就消失了。不过写字人完全不在乎它的时效，不在乎它的去留，只关注自个儿的行为。其实历史也是这样，有过许多次闪光、辉煌、消亡，但是，留下的却有一股无形的精神延续让我们怀恋。

野　唱

徐姨刚刚年逾花甲，可根本看不出来她有这么大年纪。首先是体形没变，中等个子，胖瘦匀称；再之她的皮肤白皙，较少疙瘩呀色斑呀什么的；还有她会收拾，穿戴合体，既不土气也不艳俗；最关键的还是她气质高雅，举手投足大方好看。

徐姨的老伴几年前离世，因为一场车祸。儿子和儿媳都是研究计算机技术的，在上海一家外资企业上班。徐姨不愿去上海，觉得太西化、太茫然，她还是喜欢西安的古老面貌、舒缓节奏和平民生活气息。

徐姨现在最大的兴趣，就是每天到环城公园的自乐班子唱秦腔，引吭高歌一阵，手舞足蹈一阵，是业余爱好也是消遣娱乐，累了中午回去小睡一会儿，下午读报刊、练书法，晚上和几个老朋友聊天或者看电视。她是语文教师出身，性格开朗，生活规律。

含光门外，环城公园，古城墙下，树林中的小场上，一些退休的老人汇聚在这儿，把秦腔爱好延行下去。有的专事乐器，有的专事演唱，有的行内活儿不行，就收拾场面、维护秩序。徐姨的嗓子在演唱者中不算最好的，但节奏控制恰当，仪态拿捏到位，因此掌声最多，还吸引了一批老年粉丝。听到喝彩声，她竟有点兴奋，有点成就感。人在每个阶段、每个环境中可能获得的成就感不一样，但都是能够鼓舞人心的。

有一次，她表演一段男女对唱，平素都是先唱女声，然后再用假嗓子唱男角儿，这天刚唱完女声，旁边站出一个人接住了男腔。他们共同把这个唱段表演完了，还配合得很好。周围有人议论说："嗨，天生一对。"

下了场，她才有空闲打量这位自告奋勇的配角儿。只见他60多岁，身材清瘦高挑，花白的头发梳向脑后，长方形脸上眉目俊秀。相互一介绍，知道他姓谢，是南郊一个研究院的退休工程师。

徐姨微鞠一躬，说："谢谢。"

谢工头一点："别客气，你唱得好啊。"

徐姨笑了，心中得意头却摇着说："业余的，野唱，野唱。"

此后，那位谢工就常来环城公园了，并老是与徐姨配戏。徐姨与他一起出场，少了散漫多了讲究，少了随意多了注意，少了简淡多了华丽。这谢工是陕西韩城人，从小就在秦腔的氛围中耳濡目染，会唱很多秦剧，并且记性好、知识丰富。徐姨心里渐渐服了人家，并有所感激。

有几天上午，谢工没来，徐姨心中竟有些失落，演戏也提不起精气神来。

一个星期后，谢工重新出现。一问，原来是病了。知道谢工也是单身，儿女都在国外。那次，谢工病后初愈，唱得特别卖力，场外掌声阵阵。

下了场，徐姨说："你今天唱得真好。"

谢工笑了："野唱，野唱啊。"

徐姨就在含光门里住，路近，唱罢了，便邀谢工到家里喝茶。谢工去了一次，又去了一次，再去了数次。

半年后，徐姨与谢工的婚礼在环城公园里举行，还邀请了市里的秦腔名演员参加。票友众多，场面热烈。电视台记者闻讯赶来，采访两位"新人"，请他们谈谈退休后的生活还有恋爱经过等。

记者问："谁是你们的介绍人？"

他们齐声说："是秦腔。"

记者拍摄了现场表演，佩服地说："二老唱得真好。"

他们笑了："野唱，野唱。"

声音的方向

长街上，有歌声飘来，抬头一看，对面走来一对卖唱的青年男女。那男子身材清瘦单薄，是个盲人，他一只手扶着木推车，另一只手举着话筒，径自歌唱着。他的声音有点儿沙哑，但苍劲动听，曲调也比较悠扬，带着民歌的风味。他身边的女子个头稍矮，丰满健康，两只水汪汪的大眼睛扑闪扑闪的，似会说话。她推着木制小推车，车板上放着扩音机和喇叭。车子缓缓前行，带着盲人，带着歌声，带着一种祈望而来。

我将一张纸币放在车板上，轻声问："你们从哪儿来？"

他们停下脚步。

姑娘望着我眨了一下眼睛，用手去摸了一下男子的手背。

男子会意，微笑着说："谢谢，好人。"

从男子的口音中，我听出了他们的大概来处。

"你们好像是陕南人吧？"我说。

男子回答："是啊，我们是白河人。先生去过白河吗？"

白河是陕南的一个小县城，位于秦楚交界地带（今陕西、河南、湖北交界地区），那儿民风淳朴，人比较聪明精巧。过去在陕南工作时，我曾多次去这个县里采风。

"去过去过，我也是陕南人。"我忙说。

男子握住我的手，摇着："遇到老乡了，谢谢。"

"你们出来谋生活，不容易啊。"我说着，掏出口袋里所有的也不太多的钱，全部放在他们的车板上。

姑娘的眼睛湿了，但还是没说话。

她用手掌又使劲儿拍拍男子的手背。

男子说："我爱人是哑巴，她说她很感谢你。"

我顿时愣住了。

原来这是两个残疾人。男子看不见光明,由女子给他带路;女子发不出声音,由男子代她说话。他们这样相互补充着,相互帮助着,把生活进行下去。

可以看出,他们生活得很简单甚至很艰辛,但很恩爱。

从这对浪迹江湖的平民身上,我们感受到一种夫妻的奥义和人间的温情。

小车向前推去,歌声向前飘去。

我留恋地打量着声音的方向。

古都札记

甜水井

　　甜水井是一条街名，在西安古城内的西南角。过去，全城只有这一个地方的水是甜的。以含光门内的马路为界，马路的东边，冰窖巷呀、报恩寺街呀的水都是苦的，怪不怪？自然界有很多事情真是说不清。新中国成立前，西门里有一口大井，4架辘轳，8个大桶，不停地打水，供全西安的商号使用。周围的居民，自然也享福了。就是那些过路人，也要绕进街旁的四合院里去讨水喝呢。

　　现在，家家户户都用的是自来水，统一供水，味道一样，那些四合院也被拆了。为拆那边陕西督军陈树藩的旧宅，曾闹起不大不小的风波，但最终还是高楼林立了。我小时候曾跟随父母在甜水井旁的夏家什字街住过几年，于砖铺的巷道上游戏，于深大的老院子里捉迷藏，如今砖失院没，面目全非。

　　但我与甜水井的缘分，似乎割舍不断，几十年后，又住到离它不远的四府街上，并且常去甜水井街附近买东西。那儿有个比较大的菜市场，品种齐全、时鲜价廉；那儿有个超市，各色成品食物任你挑选；那儿还有茶行咖啡、干洗店、杂货铺、幼儿园、修车配锁等等。总之，家常生活的味儿浓厚,又随意方便。在现代化的都市里,这点特别使人留恋。

有一度,甜水井那边混杂脏乱,地面不平坦,房屋不整齐,道路拥挤难行。后来,政府下决心治理西南城角,将洼地平了,烂屋推了,重新规划一番。一条大道宽直通畅,几个小区优雅整洁,角上还搞了个公园,面积虽然不大,可小巧安静。最值得称道的是,西南城角出现了一个"无极古玩城",一溜儿二、三层高的仿古建筑,楼前那些拴马桩、石狮子、石门墩、旧木车,散发着旷古幽香。每到周末,各家斋号陈列的、地面小摊铺展的,全是文物古赏,几千年的民间遗存,都在这儿出现了。不管是真是假,反正摆在汉唐的长安城里,它就具有了真实的意味。

古玩城大门的北首,有一家"青都里"炭烧店,一层是烧烤饭庄,二层是茶秀酒吧,地下一层是棋牌室,装修典雅个性,偏重于日韩风格。楼侧还有个很宽敞的平台,摆数排木质桌椅。夏夜,坐在平台上品茶饮酒,闲谈历史,一旁是安稳高耸的古城墙,一旁是树木葱郁的小公园,惬意极了。

那冲茶的水,标明了来自甜水井,也不管是真是假,反正你现在就坐在真实的、古老的甜水井边上。

贝币的故事

最近,古城西安又出现了一个新的博物馆——钱币博物馆。站在馆内的橱窗前,望着那些精致的展品,我怦然心动。

中国货币的最早形式,是一种指甲盖儿大小般的贝壳。那是远古时期,人类的肌体很发达,不需穿衣服,不需化妆,最多只用几片树叶或兽皮挂在腰间遮住隐秘处。并且人的大脑思维也才刚刚启动,众人皆为兄弟姐妹，有好吃的东西大家共同分享，有洪水猛兽大家共同抵御，有壮丽的景观大家共同欣赏。没有地界的划分，没有人与人的争斗，没有心与心的算计。

后来有一个聪明爱美的人，在海边的沙滩上，拣到一枚非常精致漂亮的小贝壳，它有指甲盖儿那么大，呈现出天然纯净的象牙白色，隐约可以看见暗藏在深处的血丝儿。它一面是浑圆隆起的丘状，另一面则椭圆扁平，中间裂开一条长缝，两边排列着整齐精细的齿态。凑近耳边一听，缝隙中还发出细微的声音，似乎在传送什么幽曲。这爱美的人就用一根树皮绳儿将其拴起来挂在胸前。没想到，这小贝壳引起了不少人的喜爱，你瞧瞧，我摸摸，成了小宝贝。这人脸上有了光彩，心中有了骄傲，他又去海边捡了不少相似的小贝壳，挂满了胸前，十分地炫耀。同时，占有欲使他心态发生了变化：谁想要小贝壳，就得帮我找吃的喝的，帮我干活，讨好我。

慢慢地，到了奴隶社会，小贝壳就演变成了货币。奴隶主占有人力，自然也占有了货币。他们用小贝壳交换女人，交换食物，交换自己想要而又没有的东西。

再后来，人们可能觉得小贝壳作为货币太自然、太随意、太唾手可得，就手工制造起石币、布币、铁币、铜币、金币、纸币来。美丽的小贝壳被抛弃了，女性生殖崇拜的时代也过去了，暴力、男权越来越强大。

端详着这些小贝壳，我沉思良久。它们本来是大自然的产物，是纯洁的精灵，是美的象征，只因人为的原因，它们变成了货币，染上了血迹，印上了风尘，注入了邪恶。我仿佛听到一缕缕如泣如诉般的幽怨之音，正从贝壳中飘荡而来。

历史千万年，人们争夺占有的中心，就是货币。从这点上来说，小贝壳的贡献实在太大了。

金泉钱币文化公司的董事长告诉我，他们收集了近 10 亿枚钱币，约占世界古钱币总量的百分之七十。我大吃一惊，因为每一枚钱币，都经过了多少人的手，都印上了多少不平凡的故事。那么 10 亿枚啊，该蕴藏着多少数不尽、说不清的历史沧桑、人间悲喜。这真是一座宝库！

可是，我们怎么来开启宝库之门？

人在历史面前总是回天乏术。

或许展示就是一种无可奈何的好办法。

美丽的、吸收了天地之气的小贝壳，你还是这么楚楚动人。

镜中的公园

公园里有湖，湖是城市的眼睛，闪动着抒情的灵性。

兴庆宫、兴庆湖和兴庆宫公园滋润着西安人诗意的生活。

我与兴庆宫公园结缘，主要是因为摄影。

爱摄影就得会玩照相机。凡有新相机到手，首先要找个地方拍照，熟悉这款相机的操控方式，了解镜头的色彩还原情况，掌握焦距伸缩后的景深变化，当然还有清晰度、反差、各种模式等等。工欲善其事，必先利其器嘛。

要找个测试相机、拍照的地方，在偌大的西安城区，好像只有兴庆宫公园最合适，因为园中内容丰富，有人文、自然等各种景观。

首先是兴庆湖，虽然不大，但它绕岸环岛、曲水通幽，可以划船，有适合情侣踩踏的双人舟，有适合全家挥桨的中型彩船……用相机的长镜头，可以将各种船只和人物动态拍下来。

西北角的鸟语林，是小动物的天堂，那些飞禽形状奇特，羽衣美艳。它们比较活跃，喜欢"搔首弄姿"不停地表现自己，想出好照片，得练点抓拍技术才行。

公园里有成片的老树，要拍出那布满裂痕的苍黑树皮的质感，可以见出镜头的刻画能力。若拍老树上的小叶小花，则能检验出镜头的微距表现和虚化背景的程度。

公园里经常举行花卉展览，花卉品种多样，色彩丰富，造型别致，体现出植物世界的美艳。用镜头的广角能拍摄全景，变到长焦能拍下花朵的细部。

我尤其喜欢兴庆宫公园的飘柳和飞雪。每到春夏期间，湖边的垂柳条儿细若长发，被风一吹，婀娜摇荡，洋溢着灵动的韵致；隆冬落雪之后，一些低凹处均被白雪覆盖了，只有小山大树、亭台楼阁露出起伏的身影，这时可以选取有意思的画面来拍摄。

每年的正月十五元宵节，公园里还有盛大的庙会，打锣鼓、踩高跷、耍皮影、扭秧歌等各种民俗表演以及小吃、小手工艺制作纷纷上场，热闹非凡，其中有着众多的拍摄线索和素材。

公园是城市人的乐园，老年人在这儿散步、锻炼身体绝对安全；小孩子在这儿狂欢、释放天性天经地义；青年男女在这儿谈情说爱，甚至搂搂抱抱，也无人干涉。

公园是艺术家的练功场，歌唱家早晨起来在这儿吊嗓子，画家在这儿挥笔写生，摄影师在这儿摆弄他们的"长枪短炮"。

我在兴庆宫公园里拍摄的照片，曾上过画报，参加过展览，还获得过奖项。

最近又买了新相机，这几天思忖着抽空儿再去公园呢。

从长安走出的歌手

我的笔记本电脑里，存着三位从长安走出去的青年歌手的歌曲。有空时我就听一听，接受那些文化的回音和摇滚的撞击。他们是激情的张楚、从容的许巍、悲壮的郑钧。

在音乐中，张楚是个激情的男孩，他早早就出去创业了，但前进的路上风景迷茫，"一个长安人，走在长安大街上"，在长安人眼中，北京的长安大街是异乡；在长安大街上，西北的长安人是外省人。于是，张楚不停地呼唤姐姐："拉着我的手，带我回家。"一声比一声嘶哑，一声比一声催人泪下⋯⋯不过，在这儿，他的家已不是特定的某个地域了，那是一种精神的家园、灵魂的安息地。

许巍则不然，他在音乐中是个从容的、成熟的青年，漫步在"我思念的城市中"，向往"完美生活"。那种深情的"蓝莲花"，开放在温暖的"时光"里。不急不躁，有点儿回忆，有点儿惆怅，有点儿展望。沉稳地向前走着，路的尽头在哪儿，故乡就在哪儿，反正脚力还强健。

郑钧的歌声中，平添了一些悲壮和急促。没有了青年时代的从容，也不愿滑入老年的安静，更多的是中年的冲动与"赤裸裸"。"回到拉萨"，那边是家，那边是纯洁的、较少污染的雪域。少年没有能力去高原，青年没有时间去高原，人生的中年多了一份自信、一份清醒，也多了一种选择、一种逃避。逃避浮躁的时世，奔向祥和的高原，让纷乱的思绪在圣境得到梳理，这是一种从善的选择。

不管最终走向何方，长安还是他们灵魂深处的故乡。张楚、许巍与郑钧，隔一段时间总会回老家来住一住。他们的有些歌曲，就酝酿于长安或创作于长安。西安是人生的加油站，它没有北京上海的开阔，也缺少广州深圳的冲动，但多了一些处世的安稳和精神的营养。

西安是沉着的、厚重的、有文化气息的。兵马俑不动声色，可他的肚子里却装了千年的风尘。

彩 陶 女

对她的钟情，是一眼就产生了的。那日，斜阳的余辉灿烂地射进陶器店铺里，又被那些高高矮矮、胖胖瘦瘦的、琳琅斑驳的彩陶表面反射出来，形成一层光怪陆离的光晕。对面一辆出租车开来，路太窄，前方是一个坑洼，我只好捏住自行车车闸，一条腿撑在地上停住。头一偏，就在众多的彩陶堆中看见了她，不，是她看见了我，因为那一刻她周身散发出的美丽气息让我永世难忘。我的心里有根弦忽然一动，眼睛顿时雪亮，一股热血从胸腔涌上头际，于是就在路边锁好车，走进店里。

"先生，你看上哪一件啦？"一位瘦小而和蔼的老头子迎上来，一边招呼我，一边介绍说："我们是景德镇艺术陶瓷厂派出的直销点，店里摆放的都是精品，充分体现了景德镇的陶瓷文化。至于价格嘛，这里的标价是其他商店的一半，有些还可以商量。"

我点点头，环顾了一下店内，那层层叠叠的木架上几百件陶器形状不同，图案各异，色彩别致；大的一人高，小的不盈尺；贵的几千元，便宜的数十元。粗粗看了一遍，我的眼神最终还是落在摆放于低处的并不占重要位置的彩陶女身上。我蹲下去，轻轻托起她，举在眼眉前细细欣赏。

"先生，你好眼光，这是景德镇新一代写意派的大作，叫'珍珠釉'……"老头子很会做生意，又在我耳边殷切地介绍起来。

这具彩陶女也不过尺把高，造型浑圆饱满又不乏曲线。陶色纯净典雅，颈部如玉但不苍白，腰部则为沉着的浅橙色，底部是鸽翅样的青灰色，尤其是几种颜色的过渡段，和谐自然富有一种神秘的底韵。陶面上还描画着一个手提葡萄篮儿的古代仕女，裙裾飘飘，鬓发漫卷，神采飞扬，旁边有制作人的题款印章。彩陶女既有彩陶之姿又具丹青之意，可以看出制作者的艺术水准。她还有一个独到之处：浑身呈匀称细密的如沙粒般的粗糙感，从而显示出一股原始、粗犷的民间之风。雅中有朴，朴中见雅，完全不像那种常见的描龙绣凤的光滑如镜的大路货。

"这件'珍珠釉'系景德镇一位年轻的女艺术家制作，随物有她亲笔签名的收藏证，是我这店里独一无二的珍品……"老头子继续介绍。

"多少钱？"我问。

老头子说出的价格吓了我一跳，尽管这具彩陶女的独特值那么多钱，但绝不是我等一介书生可以随意拿出的。

"能便宜多少？"我又问。

"我报的是最低价啦，你可以到别处去打听打听，任何地方都没有这么好的东西，也没有这么低的价格。"老头子看出我动了心，竟奇货可居般坚守高价。

我恋恋不舍地把彩陶女放回架上，对老头子说我回去考虑考虑，然后离开了店铺。

那天夜里，我做了一个梦，梦见彩陶女活了，是一位似乎熟悉且又陌生的真人，她在我的房里走来走去，一会儿谈笑风生，一会儿忧郁不语，最后，她坐到我的床头来。我伸手去拉她，却是空的，就醒了。

倚坐在床上，我想，无论如何我得把这具彩陶买回来，我太喜欢她了。但又转念一想，我还要穿衣吃饭，怎能够忘乎所以地倾资去购买一件工艺品呢？就这样犹豫不定许久，最后终于下定决心：如果老头子肯将价钱再降低一些，我就抱她回来。

第二天下午，我又骑车经过彩陶店，口袋里揣着准备好也能付得起的钱数，走了进去。

"你来了。"老头子点头打招呼，不像昨天那般热情。

"我……我再来看看那件彩陶。"我向着摆放彩陶女的架子走去，谁知那地方是空的。我心头一惊，忙问："那……那件彩陶卖出去了？"

"唉，别提了，卖不成了。"老头子叹口气儿，指了指墙角，我低头一看，彩陶女成了两半，身首异处地被扔在阴暗的角落里。

"咋……咋能摔成这样呢？"

"奇怪，昨晚上见鬼了。半夜里我听见'哐啷'一声，出来一看，她已摔破在地上。唉，早知道昨天便宜卖给你。陶器这东西，一摔破就没用了。"

我蹲在地上，拾起裂为两半的彩陶女，心头一阵低沉哀伤。我钟爱的彩陶女啊，你就这样转眼之间离我而去。你的断首自毁，是责怪我的优柔寡断不肯出价呢，还是惩罚你的主人贪财求富不愿让你出门呢？再不就是自己的美色得到知遇人的欣赏，你完成了诞生的任务，然后自毁而去？如果是后者，那么，你的出世完全是为了我，我又是一个多么负心的汉子啊。

美，就这样消失了，被我轻易地放走了，她把谴责留给我，把思念留给我。

过了一些时日，我忽然想到：陶器都是成批烧制的，会不会又有一件同样的彩陶女被摆在那儿出售？于是我又去了陶器店，但店门已关闭，上面贴着"此房出租"的纸条儿，一问邻居，答曰："因生意不好，他们已撤回景德镇了。"

读者的故事

对于一个作家来说,什么是最感幸福的事?

不是出了多少本书,不是挣了多少稿费,不是获了多少次奖,不是当了多大的官,这些都是过眼浮云。

我觉得,得到读者真正的认可,才是作家最大的幸福。

我遇到过这么几位读者。

来访者

那是一个星期天,我在家读书,突然有人敲门。

开门一看,门外站着一个小伙子,我并不认识。

小伙子自报家门:陕南人,在浙江工作,文学爱好者。

陕南和文学,是我心中看重的两个词汇,于是,我请来访者进屋就座。

小伙子喘了口气儿,喝了几口茶水,然后讲了一个故事。在陕南深山的一个初级中学里,有一个家境贫寒的学生喜欢文学。当时,同学们手上传阅着一本书,封面、封底都没有了,但书的内容完好。这学生读了后,觉得非常亲切,书中描写了自己熟悉的山里事、童年事,于是他得到鼓励和启发,也模仿着开始创作、投稿,先是县报,然后市报,陆续有作品被采用。后来,他读了大学中文系,也找到了那本对他帮助很大的完整的本,叫《山梦水梦》。大学毕业后,他先在南方当教师,不久就调到了文化馆从事专业文学工作。

这个爱好文学的学生,就是来访者。

这本《山梦水梦》,是我出版的第一本散文集。

现在,小伙子也要出版自己的书了,他专门从浙江来到西安,找我为之作序。

这样的请序,你能拒绝吗?不能!

我接下了他的书稿,很快就写了序。

敬酒者

那是一次朋友聚会,刚开始,就有一位不熟悉的中年女士来敬酒。

我问:"你在哪个单位?"

她说:"我认识你,但你不知道我。"

我说:"那你先自我介绍一下。"

女士讲了自己的经历。她中学毕业就被安排去陕南修铁路,条件非常艰苦,但她和同学们青春年少、朝气蓬勃,满腔热情地投入其中,倒也不觉得苦和累。后来,铁路修完了,她被安排在陕南的一个小工厂上班。工资低,环境寂寞,年龄也越来越大,于是,许多失意和苦闷产生,情绪异常低落。就在此时,有一次回西安探亲,她在钟楼书店遇到几位作家签名售书。她买了我的《行色匆匆》,回去一读,突然发现,原来身边之物也可以这么有趣,人生之旅也可以这么丰富多彩。于是,她也写起来,用笔描写自己的心情,以得到倾诉、宽慰和平衡。

我问:"那你现在怎么样?"

她答:"工厂效益不好,我已退休回家。"

我又问："还写吗？"

她答："写。"

我继续问："发表了没有？"

她摇摇头："没发表，无所谓，写了使自己快活就行。"

我点点头："这样也好。"

她又举起酒杯："我听说你今天要来，专门赶来敬酒的。"

这样的敬酒，你能拒绝吗？不能！

我接过酒杯，一饮而尽。

编书者

那是一次公益讲座，结束后，很多读者围上来让我签名留念。

递过来的，有图书，有笔记本，还有白手绢等。

我认真地在上边签了名及日期。

突然递过来一本书，叫《陈长吟散文精品选》。

我翻了翻，这本书有封面封底，印刷正规，里边也全是我的文章。但没有出版单位，没有版权信息，因为我根本就没有出版过这样一本书。

我迟疑地问："这是我的书吗？"

持书者是一位鬓发斑白的老年人，他笑了笑，讲了这本书的来历。他过去是行政领导干部，工作很忙，没时间读书。退休以后，事情少了，感到失落。有一次看报，在副刊上读到我的散文，觉得自己很喜欢，就开始收集我的作品。报刊上的，剪贴下来；网络上的，复制下来。又找到我的新浪博客，成为忠实的读者。并且由此开始，剪报和上网变作他生活的一部分。后来，他觉得剪贴零乱，电脑上的文字又阅读不便，更没有书的感觉，他就把我的作品专门汇集在一起，掏钱在一个网站上，设计了封面，编写了目录页码，请人家给印成一本真正的书。

　　我被这样一本特殊的书所感动，就问："你有几本？"

　　他答："就这一本，独家收藏，个人阅读。"

　　我又问："只印一本书，要花多少钱啊？"

　　他说："其实不贵，就一百来元。"

　　我笑了："真是现代科技，有意思，有意思。"

　　他说："我在报上看到消息，知道您今天要来讲课，就带来请您签名。最好再写上一句话。"

　　这样的签名，你能拒绝吗？不能！

　　我想了想，认真地写下：

　　让文学温暖我们的人生。

秦镇凉皮

一碗凉皮，从秦朝吃到如今。

吃的是香味，吃的是风格，吃的是乡土民俗。

产凉皮的秦渡镇，坐落在长安区与鄠邑区交界处的沣河西岸。沣河滩道很宽，但水流却又浑又小。能叫秦渡，想当年应该是颇有气势的吧。

历史有时无法想象，那年代没有摄影，不可能真实地再现实况。而绘画和文字又太抽象，融入的文人情绪很多。所以，大秦第一渡的风采难觅其踪。

只有凉皮流传下来。

现在，凉皮在全国已经很普及，尤其受女孩子的欢迎。

当今是个盗版盛行的时代。要吃祖传的、最正宗的凉皮，还得去秦渡镇。

凉皮诞生在这儿，这儿的凉皮是御封的贡品。

秦始皇统一天下，关中平原钟灵毓秀。秦渡镇周围，有稻田 10 多万亩，是王朝的粮仓之一。传说有一年，关中平原久旱无雨，田地干枯，打下来的稻谷尽是秕秕，碾出的少量大米质量极差，没法向朝廷纳贡。这时，有个叫李十二的农民心生一计，他将大米用水拌湿碾成米粉，放在锅笼里蒸熟，然后切成条状，起名为"大米面皮子"，权作贡粮，送往咸阳。秦始皇吃了面皮子以后，觉得美味可口，龙颜大悦，便钦命秦渡镇的面皮子为贡物，今后可以只献面皮不纳大米。

李十二成了当地名人，在他的带领下，面皮子越做越精。后来，李十二在农历正月二十三去世，家家蒸面皮纪念。凉皮从此流传下来，成了长安的名食。

秦镇凉皮的特点是筋道、薄、细、穰，看上去色白如雪，光润似脂；嚼起来柔韧绵厚，口感尚佳。再配以嫩菠菜、黄豆芽，调以辣椒红油、香醋等，回味无穷。秦镇凉皮能入口充饥，强筋健骨，可能还有美容的作用吧，要不，为什么女孩子喜食？我认识的漂亮姑娘，几乎都对凉皮感兴趣。

今天在秦渡镇的路旁小店里，看到几位女士大吃凉皮，不知是兴奋、天热，还是味辣，她们脸蛋红红的，嘴唇红红的，精神也是红红的。我突然觉得，吃凉皮的女士们，是不用再化妆的。

听说每天都有很多人从西安开车过来买凉皮，有些一买就是几十斤。还有人下班后过来吃凉皮，再饮以鄠邑区出产的黄酒，怡然自得。

有美食，有美酒，入夜的梦可能也是美的吧。

天下汇通一碗面

最早知晓汇通面，是从一位美丽的女士的文章中看到的。关中平原盛产小麦，主食当然是面的天下。早有民谣云："八百里秦川尘土飞扬，三千万秦人齐吼秦腔。端一碗髯面喜气洋洋，没撮辣子嘟嘟囔囔。"但我是陕南人，这种感觉并不强烈。可一位优雅的女士钟爱咥面、烧烤、啤酒，还写了文章，倒让人有些好奇了。

于是，一个晚上，我们驾车直奔古都咸阳。在咸阳市秦都区汇通路十字西南角，找到了这个亚洲最大的露天面馆。

老远，就看到偌大的广场上热气升腾，人头攒动，人声鼎沸，百余家面店排列成十几行长队，并且只卖一种吃食，就是汇通面条。虽然各有各的店头，各有各的招牌，各有各的广告语，但说起来还是品种单一，不过仍然食客满满。座位不够，于是便有人站立一旁等候。

好不容易等到了空板凳，刚坐下，一碗汇通面条就端到了面前。描花的瓷碗很大，像个盆，面条只占了浅底儿。这就便于用筷子搅动、调拌，端起来有手感。我们吸着冲鼻的香味儿，迫不及待地品尝起来。这汇通面和臊子面的做法有点相似，但又有些不同，它重料少汤，带有干拌面的特点。面条是碱面，揉得筋道，嚼起有劲，下到锅里不易煮烂，也不易粘连。臊子是用土豆、胡萝卜、肉末等炒制而成的一种酱料，香气浓郁，味道鲜美。面里还要倒点儿陕西特产的陈醋，酸度适中，能够减少油腻感，开胃消食。最重要的是放一勺调味品，它由红油辣椒和花椒油混合而成，辣而不燥，麻而不苦，能刺激食欲。再佐以一瓶啤酒几瓣蒜，那就过瘾极了。

一边吃面，一边听周围的人聊天。听口音多是本地人，他们既说道家里的孩子上学，也谈论俄乌战争的最新进展；既赞赏咸阳湖优美的夜景，也表露地铁一号线通到了身边的喜悦；既预测楼市价格的跌涨，也谩骂市民的一些不文明行为……这儿既是面馆，也是地摊，是谝闲传的街头，更是一个小社会。朋友们约坐在一起，饱了肚，说了事，消解了心中怨气，共享了生活中的快乐。

向店主打听，晓得了汇通面的来历。那是在20世纪90年代，附近的咸阳彩虹电视机厂生意很好，傍晚下班时，大批的工人涌出厂房，出来找饭吃，于是乎一家一家的面铺就应运而起。因这个地方叫汇通路，面种也就因地而得名，慢慢地形成了品牌。

汇通路，汇通面，汇通人间，汇通天下，这似乎有一种天作之缘。

我想，从20世纪末开始，到现在已经30多年了，一碗汇通面经久不衰，这里面有人们的怀旧气息，有群众的集体主义情结，有古都百姓喜欢豪爽聚餐的遗留，也有咸阳这个工业城市形成的现代氛围。

据说这个露天大面馆，从傍晚五点多，一直营业到凌晨两三点钟，每天要售出一万碗面。既为本地市民解决了饥饿，也吸引了外地的游客前来打卡。

吃完面，要了一碗面汤喝下，原汤化原食，感觉饱满舒服，精气神倍增。

至此，我明白，这汇通面，吃的是情调，恋的是情感，享受的是情分，留下的是情愫。

返回的路上，那热气腾腾的食面场景和气氛在我脑海里久久萦绕，挥之不去，看来，我也要加入汇通面民的行列了。

"诗经里"的情调

仲秋时节，微风吹拂，阳光柔和，我去了一趟"诗经里"。

这"诗经里"可不是书，是个小镇，在西安市的西郊，属西咸新区管理。

小镇是新建的，房屋是仿古建造的。不过，磁场是老的，地气是老的，故事是老的，情调亦是老的。

采诗官

这是周朝时的一个职务，算文职官员吧。

他骑着毛驴，缓缓出城，奔向乡村。来到农舍住下，然后出没于院坝、田间、河边、山野，与乡人交朋友，倾听劳动号子、男女情歌、饮酒曲和催眠曲，然后记录下来，稍作规范整理，回来上报朝廷。

采诗官的生活是有意思的，走出朝廷，便有自由。他可以在乡间任性地散步，接受清风的抚摸与溪水的洗濯；可以袒胸露背不受拘束，大口吃肉大碗喝酒；可以兴来高歌兴尽枕地，与民同舞同乐。

这是一种很潇洒的职业，令人羡慕。

当然，担任采诗官，要有一定的水平和能力。你得精通文字韵律，才能准确地记录下民间的口头创作；你得熟知政治的需要和时代的特征,才能反映出生活的现实意义;你还得善于走江湖交朋友,才能获得资料的来源。

中国最早的诗歌,就是靠采诗官辛勤工作整理成册而得以流传。

在"诗经里"小镇,看到了采诗官生活的表演,不禁让人浮想联翩。

是啊,现今的作家、艺术家,不就是当年的采诗官嘛。

文艺作品来自民间,来自劳动,这是传统、是规律。

我们今天开展的采风活动,从这里能够找到源头啊。

古琴魅

两张古琴,像两个美女,陈列在厅堂中,宛如雕塑。

红色的典雅、高贵,黑色的安详、宁静。它们从远古走来,蜕变成永恒的美神。岁月流逝,琴魂不老。

以前,我曾在山中听一位画家弹奏古琴。屋外森林环绕,室内烛光闪烁,弹者白髯飘拂,听众肃然端坐。那琴声,激越如风啸,缓延似滴泉,让人如醉如痴。

后来在"经典咏流传"的舞台上,欣赏到著名演奏家赵家珍带来的那张南宋时期的古琴,以及她弹奏的《流水》,我又一次被深深震撼。

最近,看了张艺谋的水墨电影《影》,片中把古琴的音响综合发挥到极致,琴音全程伴奏,浑厚绵长,营造出特别的气氛。

有一度,我曾觉得古琴音韵单一,低沉有余,响亮不足,缺乏变化,看来是自己认识浅薄啊。

最近距离地观察古琴,甚至抚摸它的"肌肤",拨动它的琴弦,还是在"诗经里"小镇上的"中国古琴博物馆"。这是一家经过文物主管部门备案登记的、全国唯一的古琴专题博物馆,收藏有一千余件文物,还介绍了古法制斫琴，让人大开眼界。

唐代的古琴纯手工制作，要经过选料、定式、造琴、槽腹、辨音、微调、定音、合琴、配件、上漆、裹布、打磨、上弦等几十道工序，历时两年，才制出一张合格的古琴。

从植树、生长、成材、成器，有个漫长的过程呢。

琴求知音，自然天成。

制琴师心手合一，倾注感情，才有好琴的出现。弹者更需要天赋技艺、上佳修养，才能发挥古琴的底蕴，奏出人间绝响。

琴，静置在那儿，丝纹不动，对过往的世俗、行人没有感觉。一位艺术家来到这儿，琴便光亮起来。艺术家坐下，琴就有了热度。艺术家伸指调弦，琴便积极回应。艺术家双手挥拨，琴开始美音旋舞。艺术家醉了，其情颠狂若痴子，琴也疯张了，甚至断弦为知己。

世间最美的是琴瑟合鸣，无怨无悔。

陶笛声

前方，有一种清亮婉转的音乐声，直往人的耳朵里钻。

音是导航，觅声前行，撞见一小店。

走进去，只见一位年轻貌美的姑娘当堂而坐，在吹陶笛。

手中一个小物件，在她红唇小嘴的吹奏下，在她纤纤玉指的起落中，美妙的乐声如水般流淌出来。

仔细一看，这小物件很简单，浑圆的泥身，凿两排小孔。

嚄，这是大地的声音、泥土的声音、民间的声音、智慧的声音。

掬一把灰土，掺水成泥，造型晾干，高温烧制，就是乐器了。

有些乐器烦琐复杂，让人望而生畏，无所适从。可这陶笛造型简单、工艺简单、制作简单，吹奏也简单，连小孩子都可以掌握。

因此,它的受众良多,流传广泛。

《诗经》是民歌的集成,陶笛是民间的乐声。在"诗经里"听陶笛,古风乡风,酿成醉人的薰风。

沣水润我

一

早年上大学时,我从陕南安康乘长途汽车,翻过秦岭大梁,看到向北流淌的沣河,心里就知道,马上就要驶出沣河口,望见西安城了,于是,浑身一阵轻松。

沣河的源头在秦岭北坡的南研子沟,它在峡谷中激流滚动,跌宕拓进,如一匹野马冲出秦岭的重山,于沣峪口流进关中平原。沣峪是秦岭北坡的72峪之一,是关中入陕南的重要通道。沣河在途中接纳了高冠河、太平河、潏河,北行经沣惠、灵沼至高桥入咸阳市境,与渭河平行东流,在草滩农场西入渭。

历史上有"八水绕长安"之说,沣河是"八水"之一。别看它全长只有78公里,流域面积也就1386平方公里,算是一条小河吧,但中国古代西周的丰、镐二京,就建在沣河东西两岸。秦咸阳、汉长安也位于沣河、渭河交汇处。真是"水不在深,有龙则灵"也。

当然,不管沣河的历史有多辉煌,我与它的交集,则发生在20世纪的70年代。

每年的寒暑假,回乡返城,进山出山,我都要从沣河的身旁经过。

寒假常是春节前，那时节白雪满山，水道冻结，沣河两旁的崖壁上挂着细长的冰挂，阳光一照射，晶莹闪亮，光彩夺目，分外好看。暑假则在七月盛夏，沣河水流充沛，浪波呼啸而下，溅起层层浪花。河边的山坡上草绿花盛，风景秀丽。一群一群的城市居民扶老携幼，涌进沣峪口来纳凉，或跳跃、或坐浴、或戏水。一条狭窄的河流之上，竟然人满为患，不可思议。

我坐在长途汽车上，望着夏季沣河上的热闹，常常想：城市的人们真可怜啊，面对细小如溪般的沣水，就如此激动快乐，真是没见过大世面。要知道，我老家的汉江，那可是波涛浩荡的大水呢。

后来又一想，无论是大江还是小河，它们都有润泽百姓的作用。虽然河流位置不同，长度和水势不同，但它们的奉献精神其实是一样的。我们在水的面前，永远不要自负和轻狂。

二

大学毕业后，我从陕南到关中，调动了几个工作单位，几十年倏忽而过。终于拿到了退休证，可又应聘到西北大学现代学院上班。人是走虫，不能停下。

学校就在沣峪口前，环山路边。有一天晚饭后，我走出校园，散步到了沣河边。但见河边有个垃圾场，堆满了杂物，苍蝇乱飞，异味冲天。沿着河岸走了一段，小路上长满了荒草，坑洼不平，这就是我心目中美丽的沣河吗？怎么变成了这个烂样子？于是丧气地返回。

此后，我几年不去沣河岸。

今年夏天，又是晚饭后，我从学校后门出去，不知不觉又走到了沣河边。咦，眼前绿树成荫，河滩上搭着整齐的木栈道，可以走向草丛深处，然后从另一端绕回来。沿着河岸铺着长长的红色步道，忽而就见几个人，骑着自行车飞驰向前。树林间还有小广场，几位女士放着音乐正跳舞。

从路边矗立的标识牌上可以看出，这儿就是西安市的"三河一山"绿道工程。"三河"指的是渭河、灞河、沣河，"一山"为秦岭山脉。绿道全长达200余公里，串联起了100多个生态节点和40多个人文历史遗址，其中有休憩驿站、生态公园、地标建筑、文物古迹等，形成了点、线、面相融合的生态系统网络。市民可以在绿道上散步、骑行、锻炼，也可以赏花、听水，亲近大自然。

三

我决定沿着沣河绿道走一趟。

在一个风和日丽的早晨，我们驾车出发。

首先来到昆明池，沣河水汇聚到这里，形成一片泱泱大观。明明是大水齐天，古代人偏偏叫"池"，可见汉武帝当年的气度。初凿此池，用于水军演练，后来成了汉唐长安城的供水之地。如今此地有个好听的名字——七夕公园。其中的汉楼船高大巍峨，体现出古人的建造智慧；云汉广场宽阔雅致，可供人们休闲散步；网红打卡地则是湖上的鹊桥了，情侣们成双成对来拍照。公园内，设有婚姻登记处，方便群众需要。

接着又来到"诗经里"，这是一个以《诗经》内容为线索的主题特色小镇，将《诗经》中所涉及的风物、环境、音乐、人物，都转化为现实的景观。那国风广场、鹿鸣食街、关雎广场、小雅书社等，都是在这片土地上曾经出现过的历史典故。如果来的时机恰当，还可以观赏到身着周服的百人抚琴现场，听到现场演奏的《关山月》《蒹葭苍苍》等礼乐。在小镇里，吃、住、游设施俱全，能够进行一番沉浸式体验。

沣河上有一座沙河古桥，是秦汉桥梁遗址。1986年，陕西省考古所发掘了两座桥梁遗址。两座桥相距330米，均为木架结构。一号桥木桩排列整齐，清理出16排143根桥桩。二号桥清理出5排40根桥桩，东西排列，南北对应。桥宽约16米。附近出土有铜构件、铁槽板、变形葵纹瓦当、素面半瓦当和几何形方砖、绳纹板瓦、筒瓦等。沙河古桥是秦咸阳城、汉长安城去上林苑和西入巴蜀跨渡沣水的桥梁。

而旁边的"丝路欢乐世界"，则是沣河西岸新建成的丝绸之路风情城，通过神奇中华街区、印度恒河象谷街区、中亚沙海秘境街区、中东瑰丽波斯街区、俄罗斯极光雪国街区、希腊众神之战街区、意大利荣耀罗马街区七个主题文化街区，将世界主要文明的优秀文化汇聚一城，实现"国际文化大融合"。夜色降临，城中依然热闹不减，人们游兴很足，真是个欢乐世界。

如今的沣河穿上了绿装，显得楚楚动人。尤其是夜晚，在迷离彩灯的环照下，还有点儿神秘色彩。鹭鸟时而从丛林中飞起，惹出了散步群众的欢笑声。

十里沣河文旅带，有绿道相通，有美景可赏，有文化场馆互联，呈现出新的岁月的辉煌。

我的选点一日游，只是走马观花而已。

四

现在，每当住校的日子，我会常去沣河岸边散步。

汉江、沣河，是我生命中两条重要的水道。

青少年时期生长在汉江边，山水的灵气滋养了我。中老年之际工作在沣河岸，历史的智慧鼓舞着我。

我的文学馆建在沣水之畔，我把学校设立的专家讲座，命名为"沣河讲堂"。

沣水润我，感谢自然。

渭河从这儿流过

一

我在汉江边长大，因此，我对水特别喜爱、特别敏感。

陕南山区由于有了一条汉江，才显得风光秀美，丰润多情。那一江清水，不光本地人宠它，外地人也受到诱惑，这不，通过一条长渠，它已被引到北京、天津去了。

陕南有汉江，关中有渭河，它们都是上天的恩赐。南方爱叫江，北方爱叫河，不一定由水量大小来决定称谓，只是习惯罢了。比如黄河，比南方许多江都长都大，但还是叫河。似乎河比江亲切，离人更近。

关中的渭河，是黄河的最大支流。它发源于甘肃省定西市渭源县鸟鼠山，流经甘肃天水，陕西关中平原的宝鸡、咸阳、西安、渭南等地，至潼关县汇入黄河，全长818公里，流域面积13.43万平方公里，也算是一条大河了。

渭河在历史上很有名，那是人文的缘故。周朝的宝鸡、秦朝的咸阳、唐朝的长安，都受到渭河的滋养。据史料记载，早在周秦时期，渭河的航运已经开始。公元前648年，晋国发生大旱灾，于是向秦国求救，秦国向晋国支援了大批粮食，"以船漕东转，自雍（今凤翔县南）

相望至绛",沿渭河顺流而下,溯黄河、汾水而上,直到晋国都城绛(今山西绛县),说明渭河中下游水量较多,有航运之利。汉、唐王朝定都长安,每年需通过渭河运输数十万石粮食到长安。那时,渭河上粮船络绎不绝,白帆成阵,纤夫列队,号子连天。在战争年代,军船更是往来不断。外来军队数登渭水,攻打长安。皇家大军重振龙威,击退侵略。渭水是血汗之河、生命之河。

当然,冲杀声早已消遁,只留下了文人墨客的抒情吟咏。如唐王维《送元二使安西》:"渭城朝雨浥轻尘,客舍青青柳色新。劝君更尽一杯酒,西出阳关无故人。"唐白居易《渭上偶钓》:"渭水如镜色,中有鲤与鲂。偶持一竿竹,悬钓在其傍。微风吹钓丝,袅袅十尺长。谁知对鱼坐,心在无何乡。昔有白头人,亦钓此渭阳。钓人不钓鱼,七十得文王。况我垂钓意,人鱼又兼忘。无机两不得,但弄秋水光。兴尽钓亦罢,归来饮我觞。"唐许浑《咸阳城东楼》:"一上高城万里愁,蒹葭杨柳似汀洲。溪云初起日沉阁,山雨欲来风满楼。鸟下绿芜秦苑夕,蝉鸣黄叶汉宫秋。行人莫问当年事,故国东来渭水流。"金赵秉文《过咸阳》:"渭水桥边不见人,摩挲高冢卧麒麟。千秋万古功名骨,化作咸阳原上尘。"

读着这些古诗,我幻想着当年渭河的故事,不禁心潮起伏,振衣而起。

二

真正的亲近渭河,是20世纪70年代末期。

那时,我从陕南来到西安进大学读书。学校的农场在渭河边上,大一的时候学校安排了一个月的时间,让我们去农场劳动锻炼,也叫实习。

听说要去渭河农场，我们自然很兴奋。那儿有广阔天地、优美风光，比学校里放松多了、轻爽多了，可以野，可以喊，可以戏水畅游，可以踏青怀古，多好啊。

但是，当我们带着行李，乘大车来到渭河边上时，竟大失所望。渭水很小，浅黄一线；堤路坑坑洼洼，杂草丛生；岸边野蒿摇荡，荒乱不堪。

白天在河滩地上劳动，恶阳要把人烤焦；晚上睡在简易平房里，蚊子要把人咬死。于是，大家把野心敛了，盼望尽快结束回学校。

后来又去了西安周边的其他河流边上，几乎处处是垃圾场，泥沙淤积，水质污浊，于是我气愤地想：什么"八水绕长安"，就是几条脏兮兮的小河嘛！真是看景不如听景。

渭河带给人们的，已经不是滋润，而是灾难了。原来，自1961年三门峡水库建成蓄水以后，渭河下游发生了历史性变化，黄河淤积年年增长，潼关卡口抬高，形成拦门沙，渭河入黄口上移，导致南山支流入渭不畅，洪涝灾害频生。

再加上大力发展工业，废物废水排放。远望，高高的烟囱喷云吐雾，描绘天空；近闻，一股股怪味扑鼻呛嗓，使人难受。环境任其恶性发展，有权的人不想管，想管的人无能为力。

再可爱的人身上长了疮，不就诊，也会讨人嫌的。

进入21世纪之后，看到报纸上不断地有消息宣告，要治理西安周边环境，重现"八水绕长安"的美丽景象。可能吗？容易吗？我持怀疑态度。

三

最近去了一趟秦汉新城，我不得不改变观念。

渭河真的换了容颜，两岸绿树成荫，河堤上是宽敞的大道，以往的野滩成了整齐的果园，成了优雅的湿地公园，有亭台楼阁，可以休闲赏景。

秦汉新城正在建设现代田园城市，使得城在田中，园在城中，城田相融，将优美小镇、都市农业与现代城市高度融合。因为生态环境良好了，来这里休闲观光的人越来越多，选择在这里居住的人也越来越多。

我在大片的绿色包裹中，看到几座高高耸起的西式城堡，让人眼前一亮。原来这是张裕瑞那城堡酒庄，是秦汉新城前期实施的都市农业项目之一，占地1000余亩，由烟台张裕葡萄酒股份有限公司投资6亿元建设，建成后将创造三项亚洲第一：亚洲最大酒窖葡萄酒庄、亚洲第一家温泉葡萄酒庄和亚洲第一家葡萄酒SPA会所，年生产高档葡萄酒3000吨，产值6亿元。站在酒庄的高台上，放眼望去，一株株葡萄树苗子排列有序，整齐壮观。在关中这块黄土地上，过去哪曾有大片的葡萄园呢？我一直认为可能是这里的土壤和气候不适宜长葡萄，看来我武断了。

在星河湾住宅小区中，看到天空下一湾碧蓝的池水，亮闪闪的，召唤人去亲近它。听介绍，知道凡是入住这儿的居民，均可以免费下去游泳，这个诱惑不小呐。此星河湾位于秦汉新城渭河北岸综合服务区，占地面积约960亩，由广州星河湾集团公司投资建设，包括酒店、住宅和国际会议中心等项目。它是当代居住品质、生活品质及城市景观品质的综合象征，如今就出现在渭河边上。

又看到了驰名全国的商住房品牌枫丹丽舍，它坐落在兰池大道西段，果岭公园旁。此区沿袭卢浮宫的设计理念，从园林到建筑每个细节都透露出法式的精髓和情调，旨在打造别墅园林的礼序之美，体验人文与自然的鸣奏。枫丹丽舍不仅在造型上精益求精，更开创了西安首个果岭运动公园。身边那2500亩果岭运动公园连绵起伏，曲折迂回，美妙的实景就在眼前，呼唤人们卸下生活中的压力与疲惫来拥抱自然，步入静谧的花园。

枫丹丽舍项目在选址上，从来都是很讲究的，据说公司的老板多次来渭河畔上考察，经过慎重调研，才决定开工。社区建成之后，他自己也很感满意，表示退休之后，要来这儿长期定居。

看来，环境是可以改变的，关键在于你有没有想法，下不下得了决心，用不用实力。

我为渭河的新貌兴奋。

四

渭河虽有千里之长，但居住最密集的还是在咸阳和西安段。

过去，这儿创造了辉煌的历史神话，它的每一寸土地下，都珍藏着岁月的记忆。当地的农民耕地时，经常可以翻掘出一些零散的文物碎片。

但历史的华贵外衣毕竟早就脱去，后来的渭河赤裸裸许多年，满目疮痍不耐看。

给渭河重新穿上美丽的衣服，这是人们的愿望。

经过政府这几年的努力，西安渭河段已建成堤防184公里，其中300年一遇防洪标准生态堤防31公里，迎水的一侧用土工布和格宾网护坡，并用种植土覆盖。其中，雁翅坝106座，建成公式河、漕运明渠、幸福渠、灞河4座入渭河口桥梁，这4座桥梁连贯了城市段22.2公里堤防。

整个堤顶道路上，以灞渭桥为代表的桥梁20座，以西安湖为代表的人工湖池14个，以灞渭河口湿地为代表的湿地3处。渭河西安段综合治理还完成了景观绿化工程和照明工程，形成灌木地被面积6300亩，水面 2000 余亩，共新增绿化面积 2.39 万亩，为西安城区居民人均增绿 3.52 平方米。

要治理渭河及西安周边的河流，保水是根本问题。"八水润西安工程"通过实施工程建设及生态修复相结合，区域与整体相结合，近期与长远相结合，初步实现了"变无水为有水，变死水为活水，变过水为留水，变废水为用水，变脏水为净水"的根本性转变，为全面解决西安面临的水环境、水生态、水资源、水安全等问题奠定了坚实基础。

现在的渭河堤顶两侧，新修建的西安湖、紫薇湖、荷花池，沿着河道形成了大大小小水景观，还有 1200 亩荷花池，600 亩玫瑰园，每一处都特色各异，每一处都让人流连忘返。

按照规划设计，渭河南岸以"一带、五段、六区、六节点"为景观布局建设的滨河生态景观廊道已初具规模。

"一带"指渭河都市休闲滨水风光带；"五段"指河堤外 200 米林带，从西向东依次为河口风貌段、水泽田园段、都市游憩段、湿地保护段、休闲度假段，已形成都市亲水空间；"六区"指沿着渭河河堤，6 处各具特色的景观功能区，包括现代风情水岸景观区、自然活水展示区、运动露营游戏区、渭河原生态景观区、湿地自然景观区和郊野休闲活动区。

随着原生植被的恢复，野鸭子、白鹭等大量的水鸟又聚集到渭河滩，生态渐渐平衡。

渭河从这儿流过，它成了新时代的亮丽风景线。

空 行 记

我的"首飞",是在 20 世纪 80 年代初。

小时候在田间劳动,看到高空有银色"大鸟"飞过,还喷出一道长长的"白烟"。心想:这"大鸟"不知吃的什么东西,好厉害的劲儿,喷出的"白烟"久久不散?后来知道这是飞机,它低空飞翔时,发出轰隆轰隆巨大的声响,使人感到一阵恐惧,立即回想起在电影中看到的,日本飞机又来轰炸了的场面。

那时候,飞机离我们很遥远、很神秘。

我大学毕业后在陕南工作,有时需要往省城出差办事,但从安康到西安,坐长途汽车翻越大秦岭耗时两天,乘火车绕道阳平关及宝鸡也要将近 20 个小时,很是周折不易。大约 1981 年夏天,我又要去西安开会,同行的几人欲节省时间,就提出乘飞机。当年,安康五里有个小小的机场(还是抗战时修的),也开通了每周三班飞西安的航线,但不是谁都能坐的,必须是有一定级别的领导,或者因公出差单位开介绍信才能购票。听说第二天可以坐飞机,我头天晚上兴奋得睡不着,耳边轰隆声不断。

办完繁杂的手续,终于登机了。蓝天丽日之下,飞机的银翼闪闪发光,红旗鲜艳亮眼,一切赏心悦目。这飞机不大,听说是苏联产的,当地人称它"304",只能坐几十个人,内部比较狭窄。飞机在跑道上滑动,轰隆声刺耳,人的说话声顿时被淹没了。飞机离地,盘旋上升,一腾一闪,将人的心提到了嗓子眼儿。此刻,我感到头脑发晕,心脏难受,就含着一粒水果糖,强制镇静。上升到一定高度后,飞机稍微平稳,我也吐了一口气儿。谁料没几分钟,在秦岭顶上,遇到了气流,飞机钻进了迷云中,筛糠一样地抖起颤儿来,这下子我的脏腑翻天覆地了,一股浊流用不可阻挡之势,撬开牙齿冲出嘴巴,"哇"地呕吐起来,浑身难受至极,心里叫着飞机能不能停下来啊,让我下去吧。我宁愿乘汽车翻山越岭,也不在这"空中摇篮"中受罪……航程只有50分钟,很快落地了。下了舷梯,我蹲在草地边又吐起来,心中暗暗发誓:再不坐飞机了,这玩意儿太折腾人了。

"首飞"悲惨,此后8年间,没挨过飞机。

可是,遇到逼人情势,还得食言,也知道了发誓是暂时的,很难管一辈子。并且记住:人不可轻易发誓。

1989年秋天,我接受国家石油部的安排,去新疆采访石油地质勘探工作者。从内地乘火车,3天3夜到乌鲁木齐,然后乘汽车,经吐鲁番、库尔勒、轮台、库车、阿克苏,一个星期后完成采访任务,抵达边城喀什。

在喀什,我接到单位电话,说是有要事让我速回。于是我就犯了难,因为从喀什乘长途汽车到乌鲁木齐是4天,从乌鲁木齐返单位又是3天,就是马不停蹄地紧赶慢赶,也要一个周呢。当然还有另一个办法,就是乘飞机。虽然我畏怕这"飞鸟",也曾发誓再不挨它,但眼前的情况,只有选择它。自己又长不出翅膀,别无他计了。

咬着牙,买机票。乘大巴赶到喀什郊区沙漠边缘一个像农庄大小的机场,又钻进了"空中摇篮"。这次的飞机比较大,坐100多人,显得宽敞。

飞机滑动、加速、升空,刚盘旋到高处,广播突然响了,说是乌鲁木齐机场上空浓云密布，不能降落，本机决定返航，明天再飞。我心里又敲起了小鼓，看来我与这"大鸟"，总是有些纠纠缠缠啊。

飞机返回地面，全体乘客晚上住在机场旁的小招待所里，等待再次起飞。

那一晚上又没睡好，不清楚明日的天气状况，能不能飞、顺利不顺利。

第二天早晨，艳阳高照，蓝天如洗，晴空中浮着几堆云儿，风景如画。登机、起飞、升空、飞行，三个小时后在乌鲁木齐落下。奇怪的是，我很正常，头不晕，心不烦，还拍了不少照片。后来总结了一下，可能与机型大小、天空环境，还有个人的身体状况都有关系吧。

此后，就经常往返于家和机场之间，对飞机也越来越熟悉，购票时还知道挑选机型和航空公司。我喜欢椅背后的小屏幕，可以自己点放节目，常常一部电影看完，目的地也到了。

以前的机场，一栋楼房，几条跑道，感觉就是一个驿站，匆匆而过。后来丰富起来，有了食堂，有了商店，有了书吧，空调、开水、软座等生活设施俱全，显出家的感觉。于是我便愿意提前抵达机场，在那舒适的候机室里好好休息一下。

前几天到陕西咸阳国际机场，因时间尚早，朋友就驱车带我去外边参观，现在，这地儿叫空港新城。机场周围的变化实在太大了，最早这儿只是渭河边的小村子，一片树林，绿荫几许，现在高楼群立，书声琅琅。以前这儿只有一条马路，现在195条道路纵横通行。过去范围只有几十平方公里，将来建设完成面积达144平方公里。正施工的T5航站楼，外带全球高端的奢侈品商场，还有五星级酒店也即将竣工。将来，吃、住、行、购等，均可在机场完成。

这儿已经不是一个单纯的驿站，不是一个过路的机场，而是一座城市了。有个经常出国的朋友说，中国现在太厉害了，欧洲的那些机场，又小又破旧,咱们的机场"高大上"啊。

面前的这个机场,每天有千架次的飞机起落,平均53秒一次,飞向世界各地。

如今出行乘飞机已成常态,这是我无法拒绝的旅行方式。

从害怕飞行,到适应飞行,再到喜欢飞行,最后离不开飞行,我经过的这些往事,想起来历历在目,它从侧面反映了祖国发展给人带来的感动和欣慰。

清 水 头

清水头是个村子，它静静地依在秦岭的山脚下。清南、清北两个街道一条线、一条马路连着，四周全被浓厚的绿色包围。村后的山口叫小峪，有条清亮的溪水，从山中哗啦啦流出来，流过许多人家的房前屋后，流过王莽街道办，流过长安区城街，最后浸入关中平原干渴的厚土。

受清水头名字的吸引，我打算去亲近它。在城南乘远郊公共汽车，穿越一串街镇，驶上平坦的环山公路，又在秦岭峻峰的映护下，东行数公里到园艺场的路边，闷热的中巴停下来喘口气儿，打开门将我"吐"出来。站在大树下，顿感凉爽，有一阵阵的山风从清水头那边吹过来，舒服极了。

沿小道，进万亩桃园，路两旁的筐子里盛满肥大的鲜桃，媳妇们一边做针线活儿，一边招呼着买卖。你可以问价，可以品尝，最后购入不购入无所谓，没有人围追堵截，这是乡间大嫂与城区小商贩的区别。

桃园深处，便是清水头村街。上午10点多，外边活动的群众不多。水泥路面整洁，小院门虚掩，最让我兴奋的，是墙壁上那些漫画和书法，隔几步就有一幅。毛笔字还不错，有行书、隶书，内容一般是唐诗、村规或道德教育提示。那些漫画更精彩，形象生动，贴近生活。其中两幅我印象最深，一幅是小村风景，山前有房，房屋成排，太阳照着,人在笑着,水在淌着,乃清水头的写真;还有一幅,一个年轻人靠在大树底下睡觉,脑袋里想着低保金,标题是"贫困户",旁边配着一首顺口溜:"守株待兔靠救助,永远都是贫困户,要想小康早致富,科学勤劳来自救。"

穿过街道,来到村头,山阴处有一块大石头,上书"清水源百姓广场",场地上布置着很多现代健身器材,这是个锻炼、聊天、呼吸新鲜空气的好地方。

从这些景象上,我能感受到一种乡村文化气息及安静平和的氛围。

我来这里还有一个目的,就是想拍一些荷花的照片,清水头的千亩荷塘可是名声在外哟。

我问路边一位老大爷:"在哪儿看荷花?"

老大爷说:"你走过了,从清北的第一个'丁'字口往东拐过去,就是荷塘。"

说着,他把我带到村外的另一条水泥大道上:"你从这儿直接走下去,就能看到。"

谢过大爷,往前行500米,路旁出现了一块一块荷塘,越来越多,最后人就置身于荷塘的包裹之中了。乡间看荷与城里不同,城里的荷塘挖得深,陷进地层许多,叶小花小身杆纤细,与观赏人有一定距离;这儿的荷塘与地面平行甚至高出地台,杆粗花大叶密,有些比人还高,像小树林一样挤在路边,你伸手就可以捉住莲蓬,凑在鼻下闻它的气味。

清水头的荷花有两种颜色,荷塘深处全是白色荷花,其身杆粗壮高大,蓬勃茂密;外围靠路边的是粉红色荷花,鲜艳夺目,显得清秀瑰丽。

我在深处眺望,有一对年轻的伴侣走过来,男的找到一个高地,支起三脚架,调好长镜头,对女的说:"到这儿来给你拍几张。"

那个穿着时尚的女士嘴一噘,说:"这白色荷花不好看,我喜欢那边红色的。"

我问路边经过的一个中年农民："为什么两边的荷花颜色不一样呢？"

农民笑着回答："品种不一样，当然颜色也就不一样嘛。外边红色的，是观赏荷，给人看的；这里边白色的是白荷，给人吃的。"

我发现，来看荷的，大部分都拥挤在外边，用相机、手机拍那些鲜艳的荷花，也拍自己的肖像，走到深处来的人很少。

可是比较起来，外边的红荷显得娇弱、矮小，花瓣容易凋落，里边的白荷则健康多了。

植物的种类不同，欣赏者的角度也不同，这是自然的区别，也是人的区别。

不过，清水头的村民很聪明，他们种植了红荷让外边的游客来旅游观赏，从而带动了果木产品的销售和农家乐的经营，同时又种植了白荷，待秋后莲藕收获时再卖个好价钱。

清水头的数千亩荷塘连成一片，这在黄土高原地带是少见的奇观，这都得力于水多、水好，还有对水源的保护和利用。

拍完荷花，已是中午，我在村头的农家乐吃了凉皮与红豆稀饭，格外香。临走时，女主人把几个鲜桃塞进我的包里，说："欢迎再来。"

走 鲍 寨

秦岭北麓的山脚下,有一个地方,被称为"中国的普罗旺斯"。我没去过,但早听过传闻,也在网络上看过一些图片。风景倒是不错,可这命名,不知是诗人的激情,还是画家的遣兴?

2016年春日,蓝田的文友打来电话,说是鲍旗寨的油菜花开了,约几个朋友去转转。这个鲍旗寨,就是我心中憧憬的"中国的普罗旺斯",真是正合吾意。

车出西安城,上高速,往东南方向行驶,转入环山路,约摸一个半小时,就到了蓝田县焦岱镇的鲍旗寨村。

村庄偎在一面山坡下,前面小河流淌,屋舍整齐,家家围着竹篱笆,很多处挂着"写生基地""XX画室"的牌子。据说美术学院的学生常来这儿实习,租间房住下,半月不挪窝。村部是个几层楼高的新房,其上布置着大大的画室,笔墨纸砚齐备,随时可以挥毫。还有其他服务设施,都是新农村的标志。

走过前街,来到村后,我终于看到了一些别致的东西:到处长着老树,有的弯曲多折,有的浑身疙瘩;有的皮肤粗糙布满甲鳞,有的张牙舞爪细枝朝天……老树是一个古村的灵魂,它们长直了是栋材,长弯了是风景,都有其价值。

在一个高坎前驻足。坎上长着大片的蓬勃的藤蔓和绿叶,中部留出一凹口，一段石阶朝上伸去。我爬上石阶，上边有一个小院子，托出几间土墙老屋，古朴幽静。我返身下来，伸手对其他人介绍："这个地方有味道。"朋友用手机及时抓拍下来，倒是张生动的照片。

镇政府领导说："村里的老房子都被保护下来了，准备提供给艺术家作创作室。"

我问了细节，连租金带翻修，费用并不高，于是有些心动。

继续向前，爬上叫"苍龙岭"的土梁子，视野开阔，全景展现。远方是巍峨的秦岭山峰，由高向低层次分明，峰峦间弥漫着青灰色的薄雾，宛若水墨写生。近处有几座青瓦白墙房屋，点缀在山的屏障之下，添了许多生机。身边起伏的沟坡上，油菜花黄得耀眼。一只蝴蝶飞来，在花海中舒翅起舞。这只蝴蝶特别大，极少见。我突然想起著名作家纳博科夫，他的另一个身份是蝴蝶标本的收藏及研究专家，如若他还在世，知此信息，一定会来这儿采风，说不定有填补空白的新发现呢。

鲍旗寨的局部地形，的确有点儿法国普罗旺斯的样子，但将其互比，还是显得夸张。一位女士在我耳边说："如果能种些薰衣草，会更好。"这倒是很好的建议。

午时，在村头农家用餐，吃的全是村民自己种的蔬果，或者从河边剜来的野菜，经过调制，香味可口。嚼一嘴烙馍，面香盈喉。

鲍旗寨，去了忘不掉。

相信，它会更好。

翠华意境

醉鱼草

盘山小路左拐右转，时而上坡，时而下沟，将行人任意摆布。凡爬山之人都不喜平坦，不喜一览无余，偏爱这曲曲折折，倒觉趣味横生。

路旁的小景层出不穷，有些树皮颜色和纹理很好看，有些树枝相扭纠缠如交叉的人胳膊，有些石板上现着变形的图案，有些青苔野花灿烂地簇拥在一起。我的照相机快门咔嚓咔嚓响个不停，幸好是数码相机，可以选摘取舍，不必像过去那样担心浪费胶卷。

头顶，时不时有飞鸟掠过，举目找它时已无踪影。脚下，差点儿踩在了一只癞蛤蟆的身上，它的皮肤颜色与花草接近，斑斓丰富，但形态难看，令人生厌。

近处的山坡上，长着一片一片蓬勃的直状植物，它们挨挨挤挤地站在地上，有半米高，像芝麻秆儿，只是浑身开满了淡紫色的小花朵。我虽然喜欢奇异的花草树木，可向来记不住它们的名称。

恰好，有个山村姑娘提着布袋经过，我挥手问询："请问一下，这个花叫什么名字？"

姑娘微笑答曰："是醉鱼草。"

醉鱼草，顾名思义，就是鱼吃了，就会像喝了酒一样醉过去，多有意思。

同行的女友高呼道："醉鱼草啊，我喜欢。"然后扑到草丛中，狂折起来。我也不能闲着观望，于是上前帮忙。

不一会儿，她的胸前就搂了一大束淡紫色的醉鱼草，脸庞上也泛着劳动后的红晕。

我打趣说："你也是醉鱼草啊。"

她显得更高兴："一上翠华山，我就醉了。我变成醉鱼草了，你们这些鱼儿可要小心啊。"

夫妻岩

钻进一个耸立的石峡，杨广虎手指两边说："这里是夫妻岩。"

抬头仔细端详，果真如此，南边的石壁光秃秃寸草不长，应该是男石；北边的石壁则遍布绿苔，应该是女石。

翠华山有一个官名，叫"山崩国家地质公园"。在这里到处都可以看到断裂的峰崖，叠加的山头，堆砌的石块。那山顶的"风洞"与"冰洞"，是由拔地而起的巨石夹缝形成。那山腰的堰塞湖，也是因倒塌的石块堵住了溪流，然后聚水成湖泊的。

站在高处的观景台上，能够环顾四周的崩塌石海，好像这儿在召开一个石头大会，周围挤满了热心的、固执的、顽强的、忠实的观众。

据说周朝时这里发生了特大地震，将原来的世界分崩离析，组成新的秩序。

大自然造世是没有感情色彩的，它根据自身的内在规律来运动，不管你原来的联系是否紧密，你只是创造新世界时的石子。在大自然面前，你无法抗拒，只能顺应。

有离别,有重组,有欠缺,有机遇,石头不语,面呈异态。

石界是这样,人界也是这样。

这里的任何一块大石头,拉到城里去都很风光,可以用来刻字、绘画、寄情、喻理,但堆积在这儿,则是无用的累赘。

由众多的小石头托起了高处的巨石,巨石则吸引了游人的眼球。山顶上那个叫"太乙真人"的石像,已被赋予了神话意义,然后站在高处俯视凡间,供大家崇拜。

石头是通灵的。水是世界液化的表现,石头则是世界固化的表现。水有灵性,石头也有灵性。流水与坚石共同组成了地球,缺一不可。

翠华山上的大石头,个个都是精灵,都有着不同的地质标本价值。

林中小屋

傍晚,小雨降下,空气中带着潮湿的地衣味儿。

我独自躺在林中小屋里,竟然翻腾好久入不了眠。

在嘈杂的城区,常抱怨休息不好,于是老向往山地,向往森林,向往水湄,向往幽雅安谧的无人之境。

可是,真正一个人住在山里,本想好好睡他个懒觉,做他几个美梦,反而又不适应了。

是我们的野性已被圈伏,变成了叶公好龙式的性情?还是我们的内心过于躁动,已经无法平静了呢?

我感到一阵孤独和伤感。

屋顶几声鸟鸣,似在招呼同伴,它们群居在山林中,应该是无忧无虑地快乐着。然而人这个高级动物,却越来越陷入孤独,很少有忘乎所以地喜悦的时候。看来我们在城市里住久了,如果要寂寞地独居,是需做功课的。

翻起来在床上打坐，可也入不了静。

突然，好像有什么东西在抓门，发出"嚓嚓嚓"的响声，听说这儿半夜会有小型野生动物出没，我拉亮电灯，下床去查看房门锁住了没有。现在口头上常常说保护环境、保护动物，但这会儿若真有个小家伙钻进房里，我还是有点"受宠若惊"的。

窗外，雨打树叶沙沙沙，听上去好像是人的脚步声在移动。

我在恍恍惚惚中睡去又醒来，看外边已白亮，干脆穿衣下床准备去散步。开房门时，心里想，门口会不会躺着一个小刺猬或者盘着一条大花蛇？

开门，什么都没有，空想一场。

下了石阶，来到天池边，我拼命呼吸着雨后凉爽清新的空气。石板步行道上，一层厚厚的黄叶落在其上，踩上去软绵绵的，脚感舒服，头顶的枝头挂着晶莹的露珠儿，跳一下就能吸之入口。天池里，绿水清平，画舫依岸，四野无人。对面的峰岭上，云雾轻挂，浮而不走。

周围是美丽的、安静的，我仿佛走入了一幅古典的且又生动的画卷，抑或是画卷天落包围了我。

柿子红了

秋天的翠华山上，最惹人注目的，是挂满枝头的红柿子。

节气如手，抹黑了树皮，摇落了黄叶，只留下红红的果实在那儿显摆，在那儿说明。

此时的柿子已经熟透，摘下来剥掉薄薄的外皮就可吞食，那种又凉又甜的享受，是无法用语言表达的。

柿树不高，向上跳跃便能摘下柿子来。高处的，一块石头砸上去，也能震下一串红果儿。山里的孩子呢，则挥动长竹竿去打柿子，刚好我们能借用一下。

大家你腾我跃地自取自食，直到怕吃多了闹肚子才住手。

那时节、那气氛，度假的作家教授们一个个都像乱蹦乱跳、活泼可爱的小孩儿。

景区里有一条山沟长满了柿树，远望上去，沿沟数里都挂着密密麻麻的小红灯笼，如过年般耀眼夺目。

在后来的座谈会上，王宗仁老师就提出了把柿树作为风景树遍植景区的建议。游人们可来观风景，也可自己动手采摘食用，一举两得。

柿树是造价低廉、宜于普及、资源丰富的植物。

柿子是营养丰富、老少皆宜的食物。

我更看重柿子那色泽鲜亮、蓄满激情的表情。

红柿报秋。那秋果秋意甜到了我们的喉咙里、心窝里、脑海里。

忘不了翠华山的红柿子。

今年秋天，我再去。

周山至水

山　青

秦岭是大自然的宝库,是地球上的美丽传说。

我是岭南人,但在岭北求学、工作。多年来,已经在秦岭山中来回穿梭了无数次,但每回,一望见峻峭的绿色山峰,一看到烂漫的鲜花野草,一听到悦耳的群鸟奏鸣,我就会精神舒展、心花怒放,如山间的飞禽那么快乐。

但是要看秦岭的丰富多样,还得到周至这个地方。

因为"秦岭国家植物园"的入口,就在周至县的集贤镇境内。

秦岭国家植物园的总面积639平方公里,是具有完整植被分带的植物园。园地处于亚热带和暖温带分界线,海拔从480米延伸至3000米,由北向南依次为平原、丘陵、低山、中山和高山五种地貌,形成了一个完整的立体生态系统。园内生物种类十分丰富,其植被分带由低向高依次为杂果林及次生灌丛、侧柏林带、锐齿栎林带、红桦林带、巴杉冷杉林带、太白红杉林带、灌丛及草甸。大秦岭上有种子植物3436种,其中独叶草、珙桐、红豆杉、华山新麦草、秦岭冷杉等国家珍稀保护植物数十种。还有鸟、兽、鱼等脊椎动物几百种,其中羚牛、金丝猴、大鲵、林麝、锦鸡、金猫等皆为国家珍稀保护动物。

说起这个植物园，就得提起一个人，他就是园长沈茂才。

沈园长就是周至人，土生土长爱故土，他毕业于陕西师范大学生物系，后又在中科院西北植物所、中科院西安分院从事领导工作和有关研究工作。1998年，他主持的国家科委项目"秦巴山区优势生物资源综合开发利用与保护"，完成了优势生物资源的普查，其详实的材料为秦岭生物多样性保护提供了科学依据。后来，他经反复酝酿提出了在周至县秦岭北麓建设秦岭生态园的设想，在有关领导和院士、专家的支持下，获批为秦岭国家植物园。

园长沈茂才的故事，在周至县传为佳话。

他带着影像资料，走遍了园区的家家户户，为农民讲解秦岭植物园的重要性。他是本土人、科学家、知名人士，他的讲解富有合理性、可信性，于是，村民们也热血沸腾起来，积极参与园区的建设和保护工作。

植物园内的品种越来越丰富，并且发展成集束式的展示。

有一年，沈园长从美国带回来一个品种，种植以后，第二年生长迅疾，无法阻击，大有扩张侵占的强霸之势，就如湖中的水葫芦，欲覆盖他物。于是，沈园长决定将这个品种连根铲除出去。

不让闲草进来，不让嘉木出去。

这些年，园区内的树木，严禁砍伐运出。就连大石头，也受到管控。他要保证秦岭植物园内的所有原生态不受到破坏，包括山水、沙石、草虫等一切细物在内。

现在，植物园的保护和建设经费虽然得到了贷款支持，但是远远不够。

沈园长也知道，几百平方公里的植物园，不是一朝一夕就能搞好的，可能需要几辈人的努力。国外一些有名的植物园、保护区，都有百年历史了。而秦岭国家植物园，2007年5月才正式奠基。

沈园长明白，保得青山在，不怕没人来。

水　秀

田峪河是一条溪流，从秦岭梁上发源，到山口已成小河。它一路穿过山石、树林、草原，因为河水中矿物质丰富，所以河水对人身体有好处，是二级标准，可以饮用。这样没有污染的清澈的自然水流，如今已经不多了。

秀水出青山，田峪河大峡谷里，有恩爱树、泼墨崖、独石成林、神鼠灵芝等景观，如今成了西安人亲山、听水、养心的休闲之地。

周至县是国家级生态示范县，人口是西安市的十几分之一，但森林面积却占西安市的百分之五十以上。

周山至水，历来是大都会西安市的重要水源涵养地，每年向西安市区供水3亿多立方米。像田峪河这样的清水流，在周至境内不少。最有名的，当然是黑河水库，它被称为西安人的大水缸。

西安在黄土高原边缘，是我国缺水最严重的城市之一。近年来，西部地区持续干旱的程度加重，城市发展对水的需求量又增加，西安一度出现了严重的水荒现象。黑河是渭河的一级支流，发源于秦岭深处，西安市启动了黑河引水工程后，将包括黑河径流在内的周边五大地表水源引入城市，解决了后顾之忧。

从一定程度上讲，周至真正是西安的生态屏障，保证了大都市人安居乐业。

我有个生活习惯，每天必喝茶，出门自带茶叶、茶杯，起床后第一件事是烧水泡茶。以前在渭北高原出差，那儿的地下水又咸又涩，茶叶都变了味，茶人便一天不舒畅。在周至，水冲出来的茶是清香的，因此清香伴我一天。

水养茶，也养人，更养天地。

花　香

过去我曾在画报和网站上，看到国外许多薰衣草庄园的照片，只见山峦上、盆地里、风车旁，一垄一垄的薰衣草散放出紫红色的光晕，在蓝天白云的映衬下秀美奇丽。

本人是个摄影爱好者，凡看到这种风光作品，就一定收藏起来。

没想到的是，在周至，我也看到了薰衣草庄园。

关中平原在人们的概念里，以农耕为主，是大片大片的麦草地，赭黄色调，缺乏鲜艳颜色的变化，比较单调。

现在，薰衣草就在身边。这个庄园是周至道文化展示区观光农业项目之一，占地面积700多亩，分为薰衣草种植区、薰衣草种苗繁育基地、薰衣草深加工区三大区域。

薰衣草不只具有观赏价值，经济效益也不错，国外称它是香水植物，被广泛地应用于香水、香皂、纯露等多种日用化妆品中，是香料工业中重要的天然精油之一。薰衣草还有药用功能，是缓解头痛、失眠等症状的原料药。

薰衣草是一种喜阳光、耐热、耐旱、耐寒、耐瘠薄、抗盐碱的植物，它的生长有特殊的地理环境要求，比如温度要在15℃至25℃之间，高温不能超过35℃，还需要充足的阳光及适量的湿度，最好是全日照。

经过专家们的考察，周至县集贤镇秦岭山口就有这么一块宝地，于是，薰衣草就翩翩而来，外国"女神"落户关中。

在国外，情人间流行着将薰衣草赠送给对方，以表达爱意。还有用薰衣草来薰香新娘礼服的习俗。据说放一小袋干的薰衣草在身上，可以让你找到梦中情人。在婚礼上,洒洒薰衣草的小花,可以带来幸福美满的婚姻。

可以预见,经过数年时间的经营,周至的薰衣草庄园会成为西安少男少女们的天堂。这儿离西安市区只有几十公里,高速公路一个小时的车程内便到达。

我也一定会在某个清晨或黄昏时再来,闻着花香,支起相机,把美景摄入镜头。

鸟　语

到达聚仙台的时候,正值黄昏,落日在远方的天边举行告别仪式,它把余晖洒在起伏的坡岭上,光晕迷离,烟树朦胧,特别怡人。

聚仙台在周至县西南塬区翠峰镇,是一个面向关中平原、背靠秦岭山脉的高土台,当地人称"百草疙瘩",据说神农氏在这儿尝过百草。这儿有独特的溪、谷、崖、崾地貌,当地村民利用自然环境,办起了农家乐,可游、可食、可宿。

吃过晚饭,睡在窑洞里,看到说明书上一首打油诗:"四季如春到此庄,莫笑土窑无厦房,这里即是神仙洞,可爱冬暖夏又凉。"

行脚劳累,容易入睡,半夜醒来,听到院子里鸟叫,清新悦耳。好像有很多只、很多种类,声调各异,长短不一。

凌晨早起,我独自出门,沿着窑洞上方,爬到台顶,看到最高处有个殿堂,颇具气势。这时,我又听到了鸟叫。仔细一看,栏杆上站着一只大鸟。

我举起相机瞄准,鸟儿叽叽喳喳,好像在冲我说:"早上好。"

我答了一声:"早上好。"

鸟儿点点头:"照相啊,要我摆个姿势吗?"

我笑了:"别乱动,就这样。"

鸟儿抬起头来。我按下了快门。

"谢谢。"鸟儿点点头,展翅飞走了。

此刻,一种人与自然、人与动物、人与植物、人与大地的和谐情绪,涌上我的心头。

紫槐园笔记

朝山庐

我的故乡在陕南，老家建在一个坝子上，门朝南，对面不远处就是峰峦叠嶂的凤凰山。可是，我求学离乡，妹妹出嫁，父母去世，那两间土屋无人照料，便破败不堪，只好转让给隔壁的本族兄弟，他们拆了旧屋，盖了新的水泥房。我的老屋便没了。

但是，在梦中，我常在门前的田里劳动，抬头看南山，想起小时候走过的那些坡坡岭岭、茅草小路、树林流溪，狗吠与蝉鸣交响。

没想到，多年后，散文研究所随着现代学院搬到了秦岭山下，我也在教授村里分到了两间平房，还是门朝南，前方不远处就是终南山。

当然，时代不同，环境不同，山与山不同，不变的是一个爱山人的心情。我喜欢山的巍峨高大，那是一种沉稳厚重、不急不躁、不张扬、非常有实力的象征。我喜欢山的起伏变化，一岭接一岭，层层叠叠不重复，里面藏着意想不到的奇异景观。我喜欢山上的各种树木花草、飞禽走兽，它们充盈着无尽的乐趣和活力。我喜欢山顶的迷幻烟雾，峰高自留云，雨露由此生。

我给新房起名为"朝山庐"。

这"朝山"有双重意思，一是指环境位置，站在门口，坐在窗下，时时能看到终南山，心胸便旷达起来、安静起来。

终南山被人称为圣山。道教楼观台和老子说经处，也在终南山的浅坡上。学过文学史的人，都知道这座山的重要性。

唐朝大诗人李白三十岁左右时到终南山隐居，他游山赏景，抒情写诗，结交隐士高僧，还到当朝皇帝玄宗的亲妹妹玉真公主建在山中的别馆里做客，并写了《玉真公主别馆苦雨赠卫尉张卿二首》。对于终南山的美景，李白这样描绘："出门见南山，引领意无限。秀色难为名，苍翠日在眼。有时白云起，天际自舒卷。心中与之然，托兴每不浅。"后来，李白有机会进入朝廷，在翰林院做事，成就了一番大名声。

还有大诗人、画家王维，在终南山中的蓝田辋川购置别业，隐居于此，把一方山水当作精神家园，他赋诗作画，托物寄情，淡泊时"晚年唯好静，万事不关心。自顾无长策，空知返旧林"。雅致时"独坐幽篁里，弹琴复长啸。深林人不知，明月来相照"。高兴时"行到水穷处，坐看云起时。偶然值林叟，谈笑无还期"。当然，也有郁闷时"银筝夜久殷勤弄，心怯空房不忍归"。他的诗和画，是人类宝贵的文化遗产。

唐朝学者卢藏用在终南山隐居，影响逐渐扩大，后来朝廷召他出来为官，便有了"终南捷径"的成语故事。当然，对于"终南捷径"的诠释，有各种观点。但终南山韬光养晦的作用，却是不争的事实。

在今天这个商品经济社会里，要去过田园牧歌般的诗意生活，恐怕是难以实现了。不过，把山水养在心中，在个人的精神世界里保留一方净土，却是不难做到的。

我去请贾平凹先生题写"朝山庐"斋名，他一边挥毫，一边问："你那儿有山吗？"我说："有，眼前有山，心中也有山。"

我喜欢坐在窗下读书写作，低头于书案久了，举首望望山，是良好的调节。

有时，站在窗前练书法，山峰的墨色，自然反射到宣纸上来。

有时，就坐在窗前什么也不想，只发呆。体会王维那种"雨中山果落，灯下草虫鸣"的秋夜独坐的意境。

我觉得，独处的习惯在今天太重要了。现代社会浮躁，信息爆炸，各种有用的、无用的知识纷涌而来，你根本难以清醒地辨别与分析，这时，就需要经常独处一下，给大脑留出冷静的、过滤的空间。佛教中有阶段性的闭关及偶尔的禁食，也是为了获得一个清除杂质、完善自我的机会。

我还喜欢黄昏时在山前散步，望着渐渐隐去的山峦，心想：不管白天黑夜，显形还是隐去，其实，山都是醒着的。

古有"山不过来，我过去"的故事，是的，大山岿然不动，但是我们可以向山靠拢。

沣峪口

我工作室对面的秦岭山体上，有一个裂开的"V"形豁口，叫沣峪口。

秦岭北坡有七十二峪，即72个豁口。每个口子都有山溪奔出，都有道路伸进。

沣峪口是其中最大的口子，西安到重庆万源的老公路（简称西万公路），就从这儿修进去，拐弯抹角、曲曲折折地爬到山顶，再翻来覆去、蜿蜒曲折地下至谷底，然后再爬坡，再至谷……终于越过秦岭梁、平河梁、月河梁三座大山，才到达陕南深处的县城。

我常站在门前，望着沣峪口出神，那大山里边，藏着我太多的记忆。

从豁口望上去，山脊层峦叠嶂，颜色由深变浅，视线由清晰到模糊,最远方、最高处那个苍茫的峰顶,就是秦岭的主峰。在分水岭的公路边,有耸立的巨型石壁标记,向北的箭头写着"黄河流域",向南的箭头写着"长江流域"。中国版图上的南、北两大水系,是以秦岭梁分界的。

秦岭梁的南边,有个叫旬阳坝的山坡上,坐落着宁东林业局,那儿树木参天,森林密布,桥是用木头搭成的,房屋是用木头垒起的,简直是一个木头的世界。从那儿经过,油松的香气四处弥漫,沁人肺腑。松鼠在枝头跳上跃下,野兔从路面迅疾越过,有时车不小心就会将散步的锦鸡压死。

西万路在秦岭山中蛇行,虽然两边风景优美,但在我心中留下的记忆却是痛苦连连。三十多年前,我从陕南深处出发,到省城西安求学,只有这一条公路出山。我头天凌晨就上车,笨重的公共汽车喘着粗气,在一边是峭壁、一边是深壑的狭窄公路上爬行,天黑了才到达山中的宁陕县城,我便在车站外的小旅社住下。昏黄的马灯下,一溜儿通铺睡着几十个人,汗腥、脚气、呼噜声、打嗝声杂糅在一起,使你难以入梦。第二天凌晨又爬起来坐车,翻过主峰往下行驶的时候,急弯一个接一个,几乎每次我都要呕吐,心想赶快让我下去吧,我宁愿走路也不乘这破车。可最后还得硬扛到底,出了沣峪口,看见大平原,路平车稳了,这才长长出一口气。

每年假期回家返校,我都得经受一番折磨。

沣峪口也有壮烈的时候,那是20世纪70年代三线建设修铁路,一辆一辆的大卡车将成千上万的学兵经过沣峪口送到陕南去,这些年轻学生身穿统一的绿军装,唱着歌儿情绪高亢,意气风发、壮志凌云,把秦岭山中闹得热火朝天。可是,有些人一去不返,再也没有从沣峪口出来,他们将生命献给了悲壮的襄渝铁路。

当年,我的老师、著名诗人党永庵写过一首长诗,就叫《沣峪口放歌》，我全文朗诵过，现在仍可背出几段：

> 有那么一条路呵，有那么一条路，
> 　撒满了朝霞，铺满了锦绣；
> 有这样一支歌呵，有这样一支歌，
> 　酿在我胸中，抖翅出歌喉……
>
> 现在，我要唱一唱沣峪口，
> 　为自己唱，也为我们年轻的战友；
> 永远，我把它镂刻在心胸，
> 　长征路上，刀风剑浪呵永不回头……
>
> 进了沣峪口，红旗云里抖，
> 　山歌号子甜又脆，像把亲人怀中搂；
> 进了沣峪口，青山排队走，
> 　飞瀑哗哗笑相迎，松涛阵阵喊"加油"……
>
> 我爱沣峪口呵，献上歌万首，
> 　心潮拍天起，眼眶湿漉漉；
> 诗赞沣峪口呵，永远跟党走，
> 　旌旗向未来，红日照寰球……

且不说诗的内容现在如何评价，但诗人的情感和诗歌的节奏饱满明快，极富感染力。当时很多年轻人读起这首诗就泪流满面，精神振奋，激动不已。

现在，西康高速公路已经建成，过去的两天翻山车程，变成两个多小时就可平稳到达，沣峪口沉寂了，山中公路或将被慢慢废弃。

还沣峪口一片绿荫，还秦岭梁一个宁静，这无疑是正确的。

但我仍想，以后假若有机会，再重走一次西万路。

如今，又面对沣峪口而居住，看来这是天定的缘分了。

火棘篱笆

过去在陕南山区，经常能看到"救军粮"，像绿豆大小的红果儿簇拥在一起，漫坡漫野地生长，颜色鲜艳热烈，惊诧了路人的眼眸。

为什么叫"救军粮"呢？据说先朝农民起义军领袖黄巢，曾带领起义军在秦巴山区辗转作战，条件十分艰苦，兵将们饿了，就摘下红果儿来充饥，然后继续行军，此物从此而得名。

我在饥饿时也吃过，摘一把塞进嘴里，酸涩酸涩的，嚼碎了咽下去，还真管用。

多年后，当我在现代学院的校园里看到"救军粮"时，好像见到了老朋友，很是亲切熟悉。摘一颗尝了，味道没变。许许多多的风云岁月已经逝去，本人也由天真的少年，经过激情的青年，进入沉稳的中年，脸上的皱纹密了深了，但"救军粮"还是这么饱满、明亮、殷实，给人喜悦。在这小红果儿面前，人似乎显得很高大，可人一开花、结果，就老了。"救军粮"呢，年年开花、岁岁结果，风采依旧。

园丁告诉我，它的学名叫"火棘"。火棘树形优美，夏有繁花，秋有红果，果实存留枝头甚久，在庭院中和道路边可以作绿篱以及园林造景材料，美化、绿化环境。它有良好的滤尘效果，对二氧化硫有很强的吸收和抵抗能力。它的果实、根、叶可入药，性平，味甘、酸，叶能清热解毒，外敷可治疮疡肿毒，是一种极好的春夏看花、秋冬观果植物。

现代学院把种植的火棘修剪成篱笆，围着校园、围着教室、围着宿舍，围着教师和学生，围着我们的眼睛和脚步，形成一道瑰丽的风景。

我喜欢在火棘篱笆间的小道上散步，放眼望去，那碧绿的枝叶，给人以青春蓬勃的感觉；那殷红的果儿，给人以成熟热情的冲动。

尤其是冬天，好像天越冷它越红。在层层白雪的包裹中，火棘的热烈丝毫不减，使我觉得生命就要这样燃烧才有活力。

大雪纷飞中，我在火棘中行走。我的眼前，红果儿像珍珠闪亮；我的耳边，琅琅的读书声如歌似鼓……

晒　场

教授村的几排平房，坐落在学院东北角的一块高地上，阳光充足，视野开阔。

植树的老乡对我说："住在这儿好。"

"为啥好？"我问。

老乡胳膊一扬："这个高台，自古以来是晒场。"

嗨，晒场。

我想起农村麦收时节的光景，眼看着庄稼黄了，全家人挥镰出动，赶紧收割回来，摊排在晒场上晾干。随着阳光一天一天地聚焦、给劲，麦穗儿变脆了，香味儿增浓了。这时，大家排成队，挥动手中的连枷打下去，让麦粒儿从麦皮中跳出来。打完一遍，将麦把子翻过来，再打另一面，直至颗粒全部跳出来。然后，再用风车吹掉浮灰杂叶，最后晒场上堆满了黄澄澄的麦粒儿。再经过几个大太阳的暴晒，湿气全没了，就可以装袋入仓。

晒场周围堆起的高高的麦草垛儿，是孩子们夏夜玩耍的乐园。孩子们可以分成两派，各据几个麦垛进行争夺战斗；可以捉迷藏，在垛下挖个洞钻进去，让对方找不着；可以爬上垛顶，面朝大数星星、讲故事。

所以，只要一提起晒场，我的心头就泛起一股阳光饱满、收获丰硕的滋味儿。

人常说："就着阳光多晒麦。"务庄稼是这样，其实做学问也是这样。

在明媚的阳光照射下，不能偷懒。

住在晒场上，更需要抓紧利用好时光。

黄昏的鸟鸣

一天中最美好的时刻，于我来说，是黄昏。

按理儿说，黎明的风景才动人，很多先贤赞美过它。但我晚上入睡迟，早晨贪枕，起不来，无法欣赏拂晓的瑰丽。

而黄昏呢，刚好是我工作半天休息的时候，坐在南窗下，品着清茶，让目光随意游走，充分地享受着大自然的盛宴。前方的秦岭山脊慢慢变暗，最后泅成水墨般的剪影。天空由浅蓝过渡到深蓝，云朵呢，开头是纯白的棉絮，后来被晚霞染成浓厚的色块。树木花草在夕晖中显得温馨、柔和、亲切，甚至微笑起来。

我喜欢黄昏的从容和淡定。相比而言，黎明是急促的，黄昏是放松的；黎明是催人的，黄昏是怡人的；黎明是夸张的，黄昏是浪漫的。

昨天下午落了小雨，当时我在园子里行走，清亮的小雨珠飘过来，亲吻着我的面颊，特舒服。我想在林荫道上走下去，可后来雨点密起来，西边的天空也越来越暗，似乎有大雨将至，我只好回到房里。

临近黄昏的时候，雨停了，云散了，天空亮起来，特别的亮。树林及草地上，各种各样的鸟儿出来蹦跳嬉戏。它们大小不同，形态各异，尤其是身上羽毛的色彩，斑斓丰富自然俏美，可能画家也描绘不出来。还有就是它们的鸣叫声，粗细高低搭配均匀，一波一波传过来，此起彼伏浑然一片。平素听班得瑞的轻音乐《空灵之声》，其中采录的鸟叫声，与眼前的众鸟合奏差远了。

我持着相机，拍下鸟儿们的姿态，迎头碰见刚从图书馆走出来的刘院长，我俩便在路边聊起来。

传说喜鹊是农家的吉祥鸟，但在如今的农村里很少了，可咱们这紫槐园里就有几窝，数十只喜鹊成群结对，翩翩起飞，蔚为大观。

有时，你在窗台上撒下一些馍渣渣，便有鸟儿纷至沓来争食，即便窗内有人观察或拍照，它们也不怕，将之视为很自然的事儿。

园里的数千米火棘篱笆上，密集的小红果儿最吸引飞鸟光顾了，并且一来就是几百只，黑压压一大片，篱笆墙成了鸟墙……

为什么园子里的鸟多呢？究其原因，一是园子离秦岭近，鸟儿来去方便，出入随意；二是嘉木多，鸟儿也愿意选良树而栖，这是它们的审美所致；三是不打农药，没有污染，鸟儿对环境的清洁最敏感，它们选择性强，最不愿委屈自己了。

在如今这个世界上，所谓的净土越来越少了。

秦岭是植物的宝库、动物的乐园、大自然的原土，所以，居于秦岭山脚，的确是一种福分。

这是大家的共识。

夜幕沉沉降下来，我们才各自回屋。

而鸟儿们呢，仍在丛林间喧闹，它们比人自由多了、幸福多了。

惊驾村的醍齐酒

秦岭北坡下的环山公路旁，新开了许多农家乐。

那天，在新态居，我喝到一种红酒，酸甜微涩，口感很怪，能提神醒脑。

"这是什么酒？"我问。

"我们自己酿的醍齐酒。"男主人是个中年汉子，他笑眯眯地回答。

"用的什么原料？怎么制作的？"我追根究底。

"用各种粮食、果子酿的，家传秘方。"男主人不往下说了。

我知道，家传秘方自然是保密的，问不出结果。

男主人不说方子，只说这酒好，有营养价值，能抗毒杀菌，还能降低人体血清中的胆固醇，防止血栓形成，益气强身等。

大家都笑了，说他是王婆卖瓜，自卖自夸。

男主人摆摆手，讲了个故事。

我们住的地方，叫惊驾村。惊驾村的提子酒，有很久的年头了。当年，这一带水草丰盛，动物种类繁多。有年秋天，汉武帝领着马队来打猎，看见一头野鹿，武帝便策马追赶，搭弓射箭。弓响箭出，但武帝用力过猛，收不住身子，便从马上摔下来，腿拧伤了，皮擦破了，鲜血渗出。大臣们顺着炊烟，急急把武帝抬到附近一户农家来休息。农家的老奶奶拿出一壶酒，用棉布蘸酒擦在武帝的腿上，血止了。又把酒温热，武帝喝下去后，周身不疼了，半个时辰后，精神劲儿来了，继续乘马去打猎。此后，这儿就叫惊驾村。这老奶奶，就是我的老祖宗，这酒，就是你们现在喝的醍齐酒。

男主人的故事，究竟有多少可信成分，难说。长安南野过去一直是皇家狩猎场，历朝历代行走在这片土地上的大人物太多了，什么事都可能发生。农家常常在挖基地时，便会掘出古墓和值钱的文物来。这个醍齐酒的历史，我们无法也不用来考证了。

突然，同行的一位女士叫起来："哎呀，这酒真有作用，刚才我的腿被蚊子咬了几个疙瘩，痒疼痒疼的，我用手指蘸酒抹了一下，看，不疼不痒了。"

"真的吗？那就再来几壶。"朋友们嚷嚷。

由于女主人是汉中人，她便把陕南的美食带过来了，炖的土鸡、炒的粉皮、豆腐脑、槐花饭、烙糁粑、葱花饼，还有煮得黏糊糊的苞谷珍儿稀饭，家常味儿挺可口。

饭罢，我又多买了几瓶醍齐酒，带回家来细细品味。

拾香的女人

秋日，时晴时雨，老天把它的任性和恣肆，充分表现出来了。

今晨特好，明媚的阳光，清透而温暖。

终南山的峰影近在眼前，似乎往前跑几步就可以伸手触摸。紫槐园里绿树婆娑，新的时辰、新的空气、新的日头都已上岗。

从教授村往终南湖，有一条百米长的尊亲路。此刻，路两旁的丹桂树下，洒满了黄金色的小花，远望上去，像散漫地铺着一地黄缎彩毯。是在欢迎贵宾驾到呢，还是大自然在进行秋色汇报？只有风知道。天亮之前，秋风一时性起，便摇了摇小扇子，借用枝头炫耀的桂花，来了这么一次奢侈的表演。

音乐学院的姚教授叫上舞蹈学院的文教授，两位资深美女结伴走出教授村，顿时被眼前的情景惊呆了。

姚教授清亮地叫了一声："好香啊！好美啊！"

文教授蹲下身去，捏了一把落花，兴奋地说："我要拾一些，带回房间去。"

姚教授掏出手帕，铺在地上，收集起落花来。

文教授想找个塑料袋子，翻了一下，身上没有，只好从手提包里取出茶杯，倒掉茶水，装了满满一杯香桂。

姚教授说："这桂花放在房间里，能香多长时间？"

文教授说："不知道，能香一年吧。"

姚教授说:"不可能的,咋能香那么长时间呢?"

文教授说:"管它的,香一天也行。"

姚教授说:"就是啊,香走了,还有干花在,也是风景。"

文教授说:"还可以做桂花茶,把香留住。"

姚教授说:"也能泡桂花酒,把香存下。"

两位女教授都已年近六旬,但她们的背影苗条轻盈,下蹲、起身、双臂舞动,手捧鲜花,与风景融在一起,构成美妙的拾秋图。

艺术养人,秋色醉人,女教授们的青春心态和浪漫性情,此刻被激发出来了。

一群鸟儿飞过来,俯瞰地面上的惊艳。它们突然降落在树梢,还故意跳几跳,又造出一阵桂花雨,撒在拾花人的头顶、肩背。

女教授们咯咯地笑起来,十分开心。

她们终于如愿以偿,然后捧着桂花,捧着秋色,捧着欢喜往前走了。

高高的钟塔上传来乐声,哦,今天是教师节,中午在广场上,学子们要向老师敬献鲜花呢。

看,大自然最解人意,早早地就把香气铺满了天地。

香槐镇

这地儿离秦岭北麓不到2000米,在沣水河的东岸。很早以前,它是一片荒草滩,后来有人荷锄耕耘,它便变成稀稀拉拉的庄稼地。

进入21世纪,长安城拉大骨架,向远郊发展。开始,有两所学院看中了这块宝地,搬迁了过来。接着,又有一家房地产公司加入,于是,草地上崛起了一座新镇。

这个镇子现在还没有名字,为了便于表述,我先叫它"香槐镇"。

这命名与其中一所学院有关。

它是西北大学现代学院，近千亩校园里，遍植紫香槐树，开花的季节，紫红色的花朵如云似雾，迷人眼眸。一股一股的香气，直往人鼻孔里钻。若有微风吹过，零乱的小花落下来，沾在头发上、衣肩上不肯离去，也不知是人惹花还是花惹人了。那衣服呢，好像洒了香水，一连几天都芬芳着身子。现代学院的强项是文科，著名作家贾平凹、陈忠实等都来学校参加过学术活动，给学生带来了深远的影响。于是，该院的毕业生有的去出版社做了编辑，有的到报社当了记者。

另一个学院是西北工业大学明德学院（即西安明德理工学院），我不是很了解，但知道这是一个工科院校，好像与飞机、潜艇什么的有关系。它为外界乐道的，是一个空乘专业，因此，校园里常闪动着一些面目姣好、身材高挑的未来空姐。明德学院大门外有两块报栏，这几天贴满了招聘礼仪、模特的广告，要求个子在1.63至1.70米之间，工资每天300～800元，这个收入可不低呢。

那处房产叫"南山庭院"，是比较高档的别墅区。园区里都是一栋栋三层小楼，前边有门楼，系仿古的两扇厚重的木门，嵌着虎头铜制门环，一拍叮咚响。门前的坎上左右蹲着两个小石狮子，警惕地盯着过往行人。每户带着一个封闭式的后院，在外只能看到冒出墙的柳树与青竹。里边还藏着什么宝贝，不晓得，咱没进去过。这园区夹在两个学院之间，真是左右文气缭绕，家家都会熏出个冒尖人才的。

两个学院的常驻师生加上南山庭院的住户，再加上周围的村民，香槐镇的人口超过了两万。

两万人的消费就是商机，于是，一些服务行业应运而生，有超市、旅馆、网吧、美发厅、鲜花店、大药房、麻将馆、眼镜行、五金杂货铺等，还有专为女生设立的"校园祛痘吧"和应合男生需要的台球案子。当然，更多的是餐饮业，有汉中的凉皮及花生稀饭，陕北的洋芋擦擦及大烩菜，兰州的牛肉面，成都的火锅及炒菜，外国的烤鸭和汉堡包，最特别的是湖南的臭豆腐，气味难闻，但吃时满口生香。

一条 20 米宽、200 米长的街道，在香槐镇形成。

平常，由于学院封校，禁止学生外出，街道上行人不太多，可是一到周末，竟然熙熙攘攘如同闹市。学生出来了，农民上街了，计算机和英语短训班开课了，喜欢户外活动的山地车队光临了，登山爱好者也经过这儿停停看看……街道一边的地摊上出售袜子、短裤、鞋帽、化妆品、饰物挂件等百货，另一边的木板上则是香蕉、菠萝、苹果、梨子、草莓等新鲜水果，讨价还价的声音此起彼伏，南腔北调各种语言交杂在一起。

现在，镇子似乎还在扩大，周边已建起游泳池、钓鱼场、休闲度假村、茶秀棋牌吧等像模像样的场所。

历史就是这样被创造出来的。

我是香槐镇兴起的参与者和见证者，用文字记录下它的情景，自然是应尽之责了。

古豳之地

象 石

旬邑县位于陕西中部，在渭北旱塬的南缘，系《诗经》里反复吟唱的古豳（bīn）之地。

300万年前，这片土地上森林茂密，水草丰盛。各种植物竞相绽果，各种动物活跃热闹。天上大鸟展翅冲云，湖中游鱼浅翔嬉戏。是一个美丽、富饶、有趣的地方。

那时的环境当然没有人为的破坏，但从古至今自然界的陷阱依然不少。

有一头大象顶着阳光，迎着熏风，在森林中开心地奔跑。突然，脚下的地面软塌下去，它意识到这是沼泽，于是就大声呼救，拼命挣扎，但却越陷越深。象群闻声赶来，眼看着它消失在泥沼之中，却无法援救。

这头大象淹没在湖底。

它被密封起来，没有空气，最后停止呼吸。

它好像睡着了一样，四肢一动不动。

这一觉睡得可长了，转眼就是300万年后。

1975年的夏天，西塬村的农民挖地的时候，感觉到一个庞大的硬物，便报告给县文化馆。文化馆的干部去一观察，发现这是一具象的骨骼化石。于是，这头大象就又"站立"起来了，但没有生命，只有形体，或许还有灵魂。

专家们将它命名为"黄河剑齿象化石"，还特意为它修了一座展览馆。

就在它冰藏的附近，后来又挖掘出了一具板齿犀牛化石。

犀牛来给大象做伴，大象就不孤单了。这是百万年前就确定了的缘分，注定要相依相随，一同走出古幽之地，一同走向世界。

当然，它们早已不能行动，但全世界的人要赶来看它们，把它们拍成照片带到各地去。

大象体长8.45米，身高4.3米。犀牛小一点，但也体长4.8米，身高3.1米。在今天的人们看来，它们的确是庞然大物，比如今活跃在南方密林中的那些象大多了。

但在百万年前，它就是这个骨架。

为何时间越来越长，动物的体形却越来越小了？

是缺氧了，食品变质了，环境被污染了？

是品种退化了，血液不浓了，神经萎顿了？

这些都是不解的秘密。

大象和犀牛的记忆，仍然停止在当年陷入泥沼的恐惧之中。

我站在展览馆里，感觉到它们不是没有生命，而是止息不语。

它们的骨骼上带着很多信息，就看你能否读懂。

斜　塔

说起斜塔，最有名的当然是意大利的比萨斜塔。

此塔在意大利的比萨城，是一座由白色云石垒筑起来的古塔。它建于1174年，外墙面均由乳白色大理石砌成，罗马式建筑风格。从地面到塔顶高55米，倾斜约5.3度，偏离地基外沿5米。它的倾斜问题不断地吸引着好奇的游客来观光、学者来研究。

1990年，当地政府担心比萨斜塔倾斜程度加重，会有危险，曾停止向游客开放。此后经过11年的修缮，斜塔被扶正了40多厘米。专家认为，只要不出现不可抗拒的自然因素，经过修复的比萨斜塔，300年内将不会倒塌。

比萨斜塔作为奇观，仰者众多。但受条件限制，每天只能限人限时开放，每次只能接待20人，游览时间为半个小时。于是，游人需要提前订票才行。

你真想看斜塔吗？何必远渡重洋去意大利，陕西的旬邑就有。

旬邑的泰塔，建于北宋嘉祐四年（1059年），时间还早于比萨斜塔。塔高53米，与比萨斜塔相差不多。塔为八角七层楼阁式砖瓦结构，内有木梯可攀登至顶。每层有拱形门洞与长方形假门相间，两侧砌有直棂形窗子，刻着菱花窗眼。塔上有56个翘起的螭首翼角，挂着56个风铎，风吹铎响，天乐一片。

泰塔古朴雄伟，是典型的中国传统特色建筑。

古人有诗咏塔：

玲珑金刹跨豳阳，
七级芙蓉舍利藏。
风雨翠屏形突兀，
云霞白色镜苍茫。

泰塔现在偏离中心线2.27米，远观上去明显倾斜。

倾而不倒，是工艺的精湛呢，还是古豳之地有特殊的地理气象？

近千年了，经过了多少风吹雨打、雷击地震？

今天的建筑如果倾斜两米多，会是什么后果？

这都需要我们认真地思索。

唐　家

自古以来，乡下人有钱以后，最喜欢干的事是盖房子。

深宅大院越辉煌越好，一是可以显摆自家的经济实力，二是住起来宽敞舒服。

唐家大院在旬邑县的太村镇，是唐景忠家族的私人宅院。

唐家是秦商代表，当年财大势大，名扬西陲，商号遍及陕西、甘肃、四川、安徽、江苏、福建等13省50多个县，人称"汇兑中国13省，包捐知府道台衔；马走外省不吃人家草，人行四川不歇人家店"。

唐家有钱以后，仍然把家宅修建在遥远而贫瘠的旬邑塬上。他们从清道光五年（1825年）开始动土，历时43年，每天参加修建大院的铁匠、木匠、画匠等各种工匠多达340多人，到咸丰元年（1851年）各种工匠增加到3200多名。共建成宫殿式庭院87院，房间约2700余间。

在清嘉庆年间，唐家不过60多口人，但有仆人丫鬟165人，还备有鹦歌轿66顶，"出门不离车马轿，全堂执事开道锣"，威风至极。

后来经过天灾人祸种种原因的摧残，唐家大院慢慢衰败，现在只剩下两进三院，150余间了，但仍能看出恢宏气势。

院落的布局以北方四合院为主，掺入苏杭园林的精巧。墙壁是水磨石砖，最见艺术价值的是壁上的砖雕、地上的石刻、门窗上的彩木图案。像那有名的砖雕八骏图，形态各异，腾上跃下，生机勃勃，在数尺大的方框里做尽了文章，确属精品。还有木刻醉八仙、二十四孝等人物故事，牡丹、梅竹、菊花、旱莲花等花草彩绘，也是匠心独具。

唐家大院的门墩是两个石鼓，雕着骑马行乐图。门环像两个圆形铜钹，扣在实木上。

门是人的脸，还是圆润一些好，这是古训。

唐家的往事很多，几乎每位村民都能给你讲述一段传闻。信不信由你，但讲述者的神色已然满足。

库　氏

传奇的地方必有传奇的人物。

库淑兰被国外称为"东方毕加索"。

其实，她只是一个旬邑乡村的劳动妇女。

库淑兰生于1920年，很小就嫁到夫家，吃尽了苦头。她迈着小脚上山去割草、砍柴，挑起100多斤的重担回家。在旧社会，妇女没地位，白天给丈夫做饭，晚上为丈夫暖脚，稍不如意，老汉就操起棍子打她。

但库淑兰心灵手巧，喜欢剪纸，喜欢唱歌。一边劳动一边哼唱："挑起担子煽起风，还比骑马坐轿轻。"于是苦痛就减轻了。只要有空闲，她就会拿起剪刀，将没啥用处的废布旧纸剪成图案，贴在墙上窗上。当然，少不了又得挨老汉的训斥。

照常理说，她就是农村的一个聪明的、能吃苦耐劳的小媳妇。

但是，奇迹发生了，库淑兰65岁时，有次走路不小心掉下了土崖，被家人发现抬回去后，躺在土炕上昏迷了许久，眼看不行了，家人已准备给她办后事。突然有一天，她清醒过来，口称自己是"剪花娘子"。

于是，她进入癫狂状态，发疯似的剪出自己认为是神仙的各种人物。有时一天不吃不喝不下炕，手中剪个不停，谁也拿她没办法。

至此，库淑兰好像经神仙点化，已经超越常人。

她剪出了许多大大小小的妇女、树木花朵图形，贴满了自己住的小窑洞房。

谁也没料到，库淑兰不识字，没学过美术，但她的剪纸作品色彩那么艳丽，构图那么饱满，想象那样丰富。她剪的骑马打伞的女孩子，前面有花狗，后边有彩猴，天上还有蝴蝶飞，造型变异但生动逼真，完全是浪漫夸张的手法。她的巨幅作品《剪花娘子》高4米，宽1.7米，由2800多个小圆点剪纸粘贴组成……时空变幻，造型奇特，与西方印象派大师的手法很接近。

库淑兰的剪纸作品还经常带着自己编的民歌词，比如《十二月花》："正月里冰冻立春消，二月里鱼子水上漂；三月里桃花红似火，四月里杨柳罩青花；五月里仙桃你先尝，六月里梅子满硷黄；七月里葡萄搭起架，八月里西瓜剜月牙；九月里荞麦成起垄，十月里雪花到关陇；冬月里柿子满街红，腊月里年货摆出城。挣下银钱是买卖，挣不下银钱你回来。"歌词的状物比兴，喻景寓情，十分到位。

有一年，县文化馆进行民间文化普查，偶然间发现了库淑兰的剪纸艺术，便给予关注和支持。第二年恰好有个机会，库淑兰的作品被送到香港去参加展览，香港、台湾的观众看了后惊称为天人。带去的作品，也被抢购一空，有些还被印成大幅广告画。

香港的《联合报》、美国《侨报》等媒体，纷纷发表了对库淑兰作品的评论。台湾的《汉声》杂志，专门推出"库淑兰专辑"，还印刷出版了一本库淑兰的剪纸作品画册，大开本，厚厚几百页，比砖头还沉。

西方人见了库淑兰的作品，也惊呼了不起，觉得她与毕加索一样，都有一股神奇莫测的力量。

对库淑兰现象，也有人持怀疑态度：后面是否有推手，是否有专业画家帮衬？

于是，就有电视台赶到遥远的旬邑乡村来现场录像。库淑兰坐在自家院子里，根本不看镜头，一边剪纸一边唱歌，显示出大师的气度。

北京著名画家也前来与库淑兰对垒竞演，最后不得不佩服。

慕名前来寻访库淑兰的人越来越多，她那木柜里当年的存货，也被搜刮一空。

84岁时，库淑兰安然离世，去见保佑她的神仙了。

现在，库淑兰在当地带的弟子，也剪出了不少作品，但是那种灵气，与师傅相比还是有很大距离。

天才是奇迹，是绝无仅有的。他们用短暂的光亮照彻大地，然后飘然而去。

库淑兰这样的世界民间艺术大师，出现在古豳之地，谁能说与潜藏的山水灵气、古风遗脉没有关系？

马　栏

马栏是个地名，在旬邑东塬。

周朝时这儿是蓄马训练的草场，因此得名。

其实现在的马栏很小，只有一个村，一条街，千余人。夜晚的时候，四山宁静，气温凉爽，是休闲度假的好地方。

但马栏曾经设市，曾经聚集过四五万人，红旗飘飘，歌声嘹亮，热闹非凡。

那是20世纪40年代初，这儿是延安革命根据地的南大门。四山包围的小小盆地上，有中共陕西省委、关中地委、河南省委、山西省委等大的机构；有学校、医院、药厂等设施；有骡马市、供销社、粮店、客栈等商业场所。这儿是陕甘宁边区商品、药品、食品的集中地、周转地。

抗日战争和革命战争时期，很多进步青年，经过这儿走向延安；很多高级领导，经过这儿奔赴战区。

1943年，这儿是马栏市，是仅次于延安市的建制。

马栏为中国革命作出了显著贡献。尽管它地盘这么小，不那么引人注目，但历史的光辉不容抹杀。

在马栏，我被两处房屋所吸引，拍了很多照片。一处是1942年军民大生产时修建的工字房，青砖灰瓦，木柱围廊。外边简洁整齐，伸出的房檐可以遮阳挡雨。里边锥形屋顶，高大敞亮，通风顺气，让人感到很舒服。

另一处是长排窑洞，十几孔列在山岩边，门前是青砖地面。当时的领导干部一人住一孔，进门办公，出门碰面。在院地上吆喝一声，家家能听见，可以出来交流，甚至端着饭碗围成一圈儿聊天。

现在，时代发展了，科技进步了，房屋盖得越来越好。大家住高楼、住别墅，于是，秘密也就越来越多。有的是需要保密，但也有更多不可见人的隐私。

我很喜欢马栏这种宽敞、和谐、平易、相通的环境。

现在，很多人来马栏参观学习。我觉得大家应该在这儿住一段时间，敞开心扉，高声唱歌，大碗喝酒，爬山流汗，回归自然。这儿的天然气候，还有当年这儿的克制私欲、公心干事、团结一致、振臂图强的气氛，都是极富营养的。

浅水原上

一

我们出西安，一路向西北行进，车轮碾过关中平原的细土，碾过周秦汉唐的尘埃，在渭河的北岸，便开始上坡，然后过乾县、永寿县、彬州市，黄土越来越厚，天气越来越凉，到了泾河与黑水河的交叉口之北，看见一大片坡上平地，这就是长武县，即古秦地的边缘。因这儿土厚水浅，历史上被人称为"浅水原"。

浅水原上置县，最早叫鹑觚，名字很怪，但有来历。那是秦始皇二十七年（公元前220年），公子扶苏与蒙恬大将军率师北上屯守边关、开拓疆域。他们在浅水原上修筑城池，动工时设坛祭祀，忽见鹑鸟从远方飞来，盘旋在盛酒的觚爵之上，久久不去。扶苏觉得这是天赐灵异，吉祥之象征，便报请秦始皇，将县名定为鹑觚。

清朝左宗棠统军经过长武，曾写下《咏鹑觚佳酿》的七律诗：

> 鹑觚佳酿味偏长，
> 胜过陈绍杏花香。
> 古玄至今犹风尚，

兵士违律沽醪酿。
三军宿营犹植树，
百姓箪食迎壶浆。
边陲可期完战果，
乱平凯歌还朝堂。

现在，长武县还生产着一种"金醇古"酒，就是原来的鹎觚，只不过为了大众好认，用了常见字。

晚饭时品尝了"金醇古"，但觉芳香扑鼻，味道甘美。连鸟儿都被吸引，何况我等俗人凡辈也。

产好酒的地方，必有别致的水土。

二

长武这名号，一看就知道是打仗用武的地方。它的地理位置非常重要，再往北走，就进入甘肃地界。在快车大道的今天，当然不算什么，但是在人走马行的古代，却是阻挡北方民族侵入的关口。

据资料统计，长武在古代经过的大小战争有万次之多，可以说，它的南塬北塬一共283条沟壑里，都曾被血水浸润。

攻击、坚守、陷落、收复，拉锯战像演戏一样，不停地过场。

在城东的东岳庙广场草地上，我看到两尊石像，它们造型粗犷，头颅庞大，身材矮胖，腿壮肚圆，其形体与雕刻风格，与汉族传统截然不同，很接近于新疆伊犁昭苏草原上的突厥人石像。由此可以看出，这儿曾经是北方民族活动的地方。

长武有名的小吃是血条子及锅盔。那种血条子，是用新鲜羊血搅拌面粉揉擀而成的，颇同于草原人食肉带血的鲜吃法。那种锅盔大饼，干而不硬，酥而不软，耐泡受嚼，存放数天不变质，很适合行路的兵将携带充饥。

长武久安，先武后安。一切平安祥和的景象，都是战士用鲜血换来的。人类是最不被驯服的动物，血液中充满野性的争斗。征服与被征服，是个历史命题。规矩和秩序，也是在反复论争中逐渐清晰确定。

三

长武最有名的战争，是李世民指挥的浅水原之战。

隋末，李渊起兵太原，大军攻入京城长安，改立唐朝，年号"武德"。但新政刚建，根基未稳，便有金城薛举勾结突厥来犯。秦王李世民挂帅西征，抗敌于浅水原上，可由于其年轻气盛、麻痹轻敌，初战失利，官兵死伤过半，只好撤退回关中。

经过数月休整，李世民总结经验教训，率军再度出征，采用"伺衰而击"的策略，在浅水原上扎下大营，凭借深沟高垒的地势，据险以待。双方相持两个月，薛军终于因粮草供应不济而军心动摇，而唐军有坚固的后方支援，军事力量越来越强。

在一个浓雾弥漫的黎明，唐军出其不意地发起进攻。李世民飞跨白蹄马，身先士卒，统领精骑从浅水原北面铺天盖地冲杀过去，鼓响锣鸣，山摇地动。薛军顽强抵抗，从早到晚，激斗了一整天，横尸遍野，血似晚霞。最后，薛军轰然大溃，仓皇逃散。

李世民胯下的白马也血迹斑斑，但仍威武昂扬……

浅水原之战巩固了新生的唐王朝政权，也显示了李世民运筹帷幄的指挥才能。

现在长武原的土地中，还经常能挖掘出被锈迹包裹的残剑断戟。

夕阳中，望着连片成林、色泽鲜艳、丰硕安静的苹果林，我想：历史更新换代，杀声早已退去，和平多么美好！

四

长武县城东街上的昭仁寺是全国重点文物保护单位，闻名古今中外。云中岳的武侠小说《风尘豪侠》中，曾对这老街古寺有所渲染。

昭仁寺的建造，与浅水原之战有密切关系，它是李世民继帝位之后，为纪念当年英勇奋战而壮烈牺牲的将士颁诏而建，并亲笔书写了"昭仁寺"三字匾额。

唐时的昭仁寺规模宏大，气势恢弘，殿堂罗列，古树参天，占地数百亩，僧侣数千人，周围还有数十亩田产。据说迎接去西域取经路过此地的大和尚时，昭仁寺的僧侣站成两排恭迎，队伍长达百里，可见皇家名刹的壮观。

现在，昭仁寺仅存门庭、大雄殿、左右厢房及一个后院，规模不及过去的十分之一，但两件可称为"国宝"的实物尚在。

一是唐碑。这是一面有龙冠、龟座、书法碑文的青石雕刻，它通高4.56米，上面刻着3156个字，内容从盘古开始写到唐初，涉及政治、文化、军事、社会、宗教等方面，在悼念阵亡将士的同时，歌颂了李世民的丰功伟绩及贞观之治的纲领，是研究隋唐史和佛教史的珍贵资料。更为难得的是，碑文由唐朝"四大书法家"之一的虞世南所书。虞世南是唐太宗的书法老师，其寸楷笔力沉雄，结构严谨，流利通畅，潇洒俊逸，是国家级的书法艺术名碑，向为后世习书者所重。

二是无柱殿。这是昭仁寺的主体建筑，阶石层垒，月台宽敞，里面进深各三间，跨度10米。采用单檐歇山式屋顶结构，木梁折叠式拱架。殿内无柱，飞檐翼角，庄重方正，俗称"一担挑八角"，其精巧的建筑水准显示了唐朝工匠的高超技能。据说"勾心斗角"这个名词，就是由此而出。殿内的龛台上供奉有释迦牟尼佛,莲台底部有四大金刚、十八罗汉肩抬背负状的泥俑群像。东西两面墙壁上,布置着瑰丽堂皇的彩绘画像。其庄严的气氛,不因岁月流逝而减退。

昭仁寺如今是长武县博物馆,左右厢房里展览着北朝宗教石刻造像,院墙里还排陈着古今名家书法刻石,其中儒将于右任经过长武时留下的几幅墨宝,亦是精品。

漫步在昭仁寺院中,树木葱郁、花草散香,清静安谧,情怀高爽。

五

早就知道柳毅传书的优美故事,到了长武,才搞清楚它就出于此地。

距县城东边10公里处的柳泉村,就是龙女牧羊遇柳毅的故事发生地,现在当地有牧羊山、龙女峰、马刨泉、笔蹾井、柳毅庙等遗迹。

柳毅传书是个神话故事,浪漫曲折,想象丰富。说的是唐高宗仪凤年间,苏州城里滚绣坊有位书生,名叫柳毅,他进京赶考,可名落孙山,打点行装返回吴地前,去京城长安之北的高原上看望老师。途经泾河岸上一草原牧场,问路时遇到一位年轻的牧羊女子,其面容憔悴,神情不畅,却又不失大家闺秀的气质。几经动问,女子见他是读书人,一身清气,就倾情相告,原来她是洞庭龙王的三公主,受尽丈夫泾河龙王二儿子的欺凌虐待,公婆又袒护儿子,便将她贬到草原放羊。公主身在异乡,无法让数千里外的父母了解其受迫害的痛苦,只好忍气吞声。柳毅知情后,表示定当竭尽全力去送信。写信时没有绢,龙女便撕下她身上的一片裙子;没有墨,柳毅的马狂刨地面挖出黑色泉眼;没有笔,柳毅拿起马鞭奉上。最后龙女写了书信,交给柳毅带走。

后柳毅将书信送给洞庭龙王,龙王阅后悲伤万分,懊悔自己将女儿错配了夫君。此事被洞庭龙王的胞弟钱塘君知道后，怒从胸中起，便统率洞庭水兵和钱塘水兵西征泾河龙王，生擒泾河小龙，并一口把他吞了，救出侄女。龙母娘娘欲把三公主嫁给柳毅，可柳毅不是贪财起意的小人，便严拒之。那龙女则思念不止，便装扮成打渔女住在柳家附近，又托媒提亲，最后两人喜结良缘。

柳毅传书的故事，被后人改编成多种形式的戏剧，盛演不衰。

柳毅和龙女虽然都来自南方，但在长武人的心中，他们就是本地俊男美女的化身。

六

长武的女子心灵手巧，她们生产的刺绣工艺品，声名远播海内外。

我在昭仁镇灵凤村妇女李毛毛的家庭作坊里，见到了几位正伏架劳作的刺绣女。李毛毛是她们的代表，曾获得"陕西省妇女民间手工艺能手"的称号。她前几年绣制的毛泽东《七律·长征》诗词长卷绣品，被市长作为十七大献礼，送到北京去。还有些作品作为中俄妇女友好会议的礼物，被送去参加妇女创业博物会等。她还在农博会上进行现场刺绣表演，被摄入电视镜头。

李毛毛家里陈列着许多绣品，有花鸟类的、书法类的、鱼虫类的……造型生动、色彩鲜艳、情趣盎然。尤其是那长达4米的"清明上河图"，繁博中有简约，众多的街道、人物、工具、生活场面都被展示出来。古代的名作"清明上河图"是国画，用工笔一点一点描出来，可是刺绣的针线工具较之工笔画要粗犷许多，绣线的色彩也没有国画颜料那么丰富，在表达上就困难多了。但李毛毛她们精心绣制，赋予了这幅古代名作新的鲜活的生命气象，又不失其原有的韵味。

遗憾的是，手工刺绣品在国内的价格太低，一幅才几百元，在国外高达几千元，目前的销售通道还有待打开。

"养在深闺人未识"，长武刺绣终会有惊艳的时候。

七

夜晚，带着酒意，吹着微风，我来到西街头的文化广场。

这儿是人们纳凉、锻炼、聚会、休闲的地方，璀璨的华灯下，群众有的手舞足蹈，有的默立出神；有的长衣锦裤，有的赤膊裸膀；有的自带矮凳，有的席地而坐……一幅当代的"盛年康乐图"。

这个文化广场占地60亩，分为五大部分：北区为休闲景观区，配有彩色音乐喷泉、建筑小品、绿化苗木；西区为一道浮雕、线雕文化墙，表现了长武古今历史故事及人物剪影；东区是一座文体综合大楼；中区为一个标准塑胶跑道；南区还将建一座大型室内体育训练馆。

今日浅水原上发生着翻天覆地的变化，并且这片土地，还会越来越引人注目。

那片世界上最香的苹果园区正在扩大生产。

那条过境的高速公路已经通车，从省城到这儿仅2小时车程。

盛夏，西安城内40℃高温，这儿却凉风习习。

陶醉在浅水原上，不想归去。

淳　　化

一

那年，宋太宗微服私访，化妆成一介讨饭的平民，检查他提倡的政清民淳的成果。一日，宋太宗来到陕西云阳地界，进了一户农家的院子，那家老大爷见"叫化子"来了，端出一碗昨天剩下的稀饭给他，"叫化子"摇摇头，嫌太稀了；老大爷又进屋去取了两个馒头递过来，"叫化子"又摇摇头，嫌太黑了。老大爷说："你这个'叫化子'，咋还要求高得很呢！""叫化子"说："你们这几年日子过得怎么样？"老大爷说："皇帝推行政清民淳的政策后，百姓的生活莫麻达。嗨，你这个'叫化子'，咋也关心国家大事哇？你要嫌馍黑，我给你重做去。"

待老大爷新做了饭出来，"叫化子"已没影儿了。

宋太宗回到京城，对云阳县的民淳教化深有感触，便下旨将云阳改成淳化。

上边是一个民间传说，诸位不可全信。

但淳化县在北宋太宗年间定名，却有史料记载，有石刻为证。

我走进淳化县，也深感这地方有一股蓬勃的正气。

二

淳化县地处渭北黄土高原南缘，在崛起的台地之上，黄土层厚，水分较少。一个朋友告诉我，几年前他到过淳化，满目黄坡，空气干燥，汽车驶过，灰土弥漫，一双黑皮鞋，穿半天就变得灰不沓沓，鼻子里老觉得刺，头发里老觉得痒。

但我看到的淳化，却大不一样。车窗外绿荫连绵，疑似江南。城头的梨园广场旁，甘泉湖碧波荡漾，兴淳塔巍然高耸。离城8公里的北仲山生态森林公园，峰峦叠翠，空气清新，泾河穿山而过，有"关中第一峡"之称。城北的润镇五一生态新村，全是新房，82户人家构成规整的小区；家家房顶有太阳能，屋后有沼气池，附近有果园；宽阔的休闲广场上人们可以唱歌跳舞，现代的体育器械能够用来锻炼身体，黄土高原上农家的日子，过得与大城市的郊区差不多。

淳化现在是全国林业先进县、全国绿化模范县、全国优质苹果基地重点县、中国最佳原生态旅游目的地，被誉为"黄土高原上的绿色明珠"。

这是几代县领导带领群众干出来的结果。

三

淳化在历史上曾是个谷深林密、水清草肥、天高云淡、芳气弥漫的殊胜之域，秦汉时以"三秦名邑"闻名九州。秦时建有林光宫，并开辟了"中国第一条高速公路"秦直道。后来汉武帝又在这儿修了甘泉宫，更成了皇戚贵族们避暑狩猎的园区。于是，有很多重要的军令从这儿发出，也有很多宫廷故事在这儿上演。

清朝诗人王士祯在《汉武帝通天台址》中写道："通天台畔望咸京，秋入秦川雨半晴。御宿不来仙掌散，宫车已往露盘倾。神光遥指虚无影，渭水长流日夜声。此去西风茂陵路，祇应肠断沈初明。"

钩弋夫人的遭遇让人想到古代皇宫的福祸无端。钩弋夫人是汉武帝刘彻的妃子，汉昭帝刘弗陵的生母，本来应该贵为皇太后，尽享福乐。可是，汉武帝在欲立6岁的弗陵为太子时，又恐子少母壮，担心重蹈吕后专政覆辙，就找岔子寻事儿赐钩弋夫人死罪，让其自缢于甘泉宫中。第二年武帝病亡，第三年弗陵即皇位，但是，钩弋夫人已无法看到儿子的荣耀了，好生生的母子亲情被折断，不管后来朝事怎样变化，对美丽的钩弋夫人来说，都是极大的不公平。

南宋诗人徐钧这样感叹："名门尧母将传嗣，取鉴吕皇预杀身。燕翼贻谋亦有道，如何知义不知仁。"

行走在淳化的沟塬上，常会有事物不经意地冒出来拨动你的心弦。

四

距县城东南15公里金川湾村冶峪河畔的岩体之上，有一个外层风化剥蚀的隐秘的唐朝石窟，窟中有释迦牟尼的雕像，佛像连座台高5.8米，胸径宽1.5米，雕刻艺术精湛，那衣角、披肩层次分明，造型优美。更为罕见的是，石窟的墙壁上刻着近10万字的佛教典义，其中有5万余字是"三阶教"经文。

对于"三阶教"，大部分人是陌生的，因为很少有文字记载流传下来。"三阶教"是中国佛教的一个源别，其经名在敦煌石窟和日本寺院的典籍中能找到，但没有实际内容。淳化的"三阶教"经文被发现以后，引起了国内外专家、学者的关注，被视为存世孤品，有重要的史料价值。

在 1300 多年前，用手工开凿这个石窟并刻上近 10 万文字，绝非易事，完全靠的是对佛的虔诚信仰和劳动者的顽强意志，据说刻到最后，工匠已双目失明，大山被他感动而流下了两股眼泪，形成了距石窟不远的"神眼泉"，其泉水中含有许多矿物质，具有明目和预防红眼病的作用，被当地人奉为神水。

站在石窟面前，我隐约看到淳化人的那股坚韧不拔的精神流传。

五

在淳化行走，还能看到一种奇特的古老的民居建筑——地窑院。

"远望不见村庄，近闻吵吵嚷嚷。地上树木葱郁，地下院落深藏。"这首打油诗就是对淳化民居地窑院的真实描述。

若是晚上行路，你走着走着会突然发觉脚下出现一个地坑院子，便连忙收身，同时大吃一惊。

其他地方的建筑都是从地面向上崛起，而地窑院则是从地面向下深入，掘地为穴，掏土成窑。方法是先在平地上挖开一个方形天井，大约七八米深，每边长约 30 米，然后在天井四壁挖窑洞。用最简陋的手法、最少量的建筑材料和最少的工程费用，建起居住的家园。这种地窑院挡风隔音，冬暖夏凉，是天然空调、恒温住宅。坚固耐用，防震抗震，人们称它是"地下的北京四合院"。

现在，农民有钱了，不少家庭已在地上建起几层高的砖石水泥结构的楼房来，可他们仍然舍不得丢弃那些地窑院，就把它们作为储存杂物、保鲜食品的仓库。

地窑院是淳化人生存智慧的历史见证。

六

县城梨园广场河岸那一边的高塬坡头上,淳化人新建了一座碑林,百座石碑排列整齐,上边雕刻着众多名流的书法手迹。

强烈的太阳光下,我有点眩晕——搞这么多的现代石碑,有什么作用?

后来我才明白,淳化人相信,用石头刻下来才是不朽的。

敢于立石碑,首先在于敢想、敢做、敢干,淳化人心中有这股硬气和自信心。

人生是短暂的,江山是不朽的。

秀美山川福荫后世,石碑承载着传说。

西　凤

一

有种酒名叫"西凤",西来的凤凰,多好的名字!
后来我才知道,望文生义是不准确的。
这个凤,是陕西省凤翔区,取自地名。
它的历史很久远了。
李白喝着它,成了"诗仙"。
杜甫喝着它,成了"诗圣"。
士兵喝着它,成了将军。
老百姓喝着它,忘了苦累。
手艺人喝着它,忘了忧愁。

二

我第一次喝西凤酒,被呛出了眼泪。
它的味道很浓、很烈,酒精度高。
是地域环境赋予的?是寒冷西风决定的?还是西北人老实,不会勾兑？

对于一个来自陕南的不太善饮的人来说，有点畏惧。

某天聚会，朋友点西凤酒，我叹了一声，朋友理解，说："西凤有了新特点、新品种，你尝一下吧。"

浓液入杯，酒香泛起，鼻孔清爽，轻啜进口，感觉不错。

我要过酒瓶一看，上边印着"柔西凤"。

一个柔字，让人心里十分熨帖。西北人也在变化，也在包容，也在传递点点温情。

这个度数适合我，于是大醉，被"柔"倒了。

三

逢年过节，亲友、学生们总要来看望我。

中华民族是礼义之邦，正常交往还是需要的。

本人无官无权，只是个文人，所以愿意上门的，则为情感所至，我不拒绝。

他们提的礼物中，常有酒。

我把西凤留下，其他的，又送出去了。

有外地的朋友来，就拿出西凤招待他们，说："来，尝尝我们陕西酒。"

外地的朋友都伸出大拇指称赞，不知是真情，还是假意。

反正我听了高兴。

这酒啊，已不是烈性的水，而是乡情、是秦风，是韵味、是心意。

做人要做性情中人，饮酒要饮有感觉的酒。

四

最近写了几句顺口溜：

> 百年很简单，
> 一日两个蛋，
> 大步走天下，
> 小醉似神仙。

这是我的健康生活概要。

无非"一二三"：每天快走一万步，吃二个鸡蛋，饮三杯酒。其他的粮食蔬菜，随意了。

酒是个好东西，微醉小睡，起来后，天地焕新。

但不可贪杯。

有个作家叫古龙，我爱看他的武侠小说，但不喜欢他酗酒。

我还有个朋友叫徐信印，是个历史学家，他天天狂醉，终于烧肝，走了。

节制是福，放纵为祸。

五

除了小饮，我还有个癖好——收藏酒瓶子。

瓶子是载体、是证明、是纪念。酒是水，喝掉便无，虚空在感觉中、情绪里，把握不住。但瓶子可以留下，摆在架上欣赏，勾起记忆画面。

黄永玉设计的灰色布袋酒瓶，曾让我陶醉不已。尤其是那一截拴在瓶口的麻绳，更是神韵之笔。

奥运会之后，有个水立方酒瓶子，让我眼睛一亮。

那年去西藏，看到用牛皮缝制的酒囊，便千里迢迢带回家。

朋友、家人都知道我这个爱好，就常常来锦上添花。

于是，我的酒具越来越多。

如今，酒瓶的世界太丰富了，有圆形、扁状、不规则体等，让人爱不释手。材质呢，有玻璃的、陶瓷的，甚至镀金贴银的，让人眼花缭乱。

酒的质量在提升，瓶的造型在发展，中国的酒文化，绵延不绝。

西凤酒的瓶子，像那个鲜艳喜庆的国花瓷，还有特制的书画系，也站在我的藏品中，熠熠生辉。

有时空闲，站在架子前，望着那些排列整齐、各呈风韵的酒瓶世界，许多记忆升腾起来，不饮自醉。

登上王烧台

关中平原，史迹连绵。似乎每一方黄土下，都藏着深邃的秘密。临潼农民打井时，不经意就挖出了秦始皇兵马俑，震惊了世界。

武功的王烧台，我此前并不知晓。

2020年秋日，应诗人张海红之邀，我们去武功探访她创办的后稷养老苑。

车在武功县城外下高速，向东行驶五公里，来到一个叫烧台村的地方。正值深秋时节，村里金黄一片，家家户户都晾晒着丰收的玉米。地上铺的，墙上挂的，屋顶挑起来的，全是新收获。看样子，今年年成不错。

村子后面，是黄土台地。听朋友说，这是三道塬。黄土高原从北向南，层层跌落，延宕而下，至此已到平原地部了。

在上塬的路口，我看到一块石碑，上面刻着：

陕西省重点文物保护单位
王烧台遗址
时代：新石器

越过石碑望去，远方是五六米高的、赤裸裸的黄色断土层，此刻，苍茫的暮色正在从天空往下覆盖，台塬上散落着烟树民房，呈现一派安谧祥和之气。

王烧台之名，有何来历？是曾经有大王在此筑城，还是本地的村民姓王呢？

我拦住一位过路的当地老人，求教历史。

老人说："有没有大王来过，我不知道。但本地是下雷村，雷姓居多，王姓很少。"

我问："那为何叫烧台？"

老人说："上边有个烧台庵，古时就有人上去烧香，老一辈都叫它烧香台。"

我又问："烧台庵在何处？"

老人手一指："从前边，村子中间，能上去。"

我们沿着老人手指的方向前行，在连排民房的一个空豁口，看到了台塬上的一座道观。它居高临下，楼阁挺拔，门前几十级台阶，显得陡峭。

爬上高阶，进入道观，见到了黄道长。听她介绍，烧台庵又称望仙宫，是道教传经之地，传说老子曾来此讲经，古人称此地"北楼观"。过去道观宏大，现在只有度母殿、灵官殿、三清殿、玉皇阁等遗迹。我们看到，其中的玉皇阁大殿屋顶是四面流水的设计，檐角飞翘，古朴俊朗，别具气势。

院子里摆着几台传统的织布机，几个妇女正在操作，她们踩动脚轮，手舞飞梭，使古老的道观里充满了民间生活气息。

转过望仙宫，就是我们的目的地——后稷养老苑。

养老苑与望仙宫只有一墙之隔，电动大门，层楼排起，场院开阔，绿树成荫，一派现代建筑。

这儿原来是一个中学，后因生源减少而关闭合并，本县女子张海红在省城办企业，积累了一些资金，便投到故乡来建起养老苑。周时，农神后稷在武功教民稼穑，养老苑便也冠名后稷。

后稷养老苑占地面积50亩，有600多张床位，它不仅提供衣食住宿的传统服务，还将康复、娱乐、旅居等新型养老模式注入其中。自理、介助、中医艾灸沙疗养生、休闲、运动、娱乐、禅修、旅游等项目，自然随性，使老年人享受身心的快乐。

张海红是个女企业家，同时也是诗人、散文家，常有作品发表于报刊。这个养老苑，是她写在武功大地上的诗，是她创作的人生最优美的散文。

当然，在办苑的过程中，张海红遭遇到资金短缺、身体病变等困难，但她在各方的支持鼓励下，百折不挠地坚持到底。

夜宿养老苑，我看到老人们有的坐轮椅，有的拄拐杖，有的相互搀扶在院子里散步，平静而自在。

围墙下的菜地里，绿叶招摇，藤上牵满了硕胖的南瓜。听说前天摘了一个最大的，二十斤，无籽，澄黄甜面，老人们吃得很高兴。看来，王烧台上的土质很肥沃，难怪它曾是先人的家园。

养老敬老，是中华民族的优秀传统。在古老的烧香台上建起的这个后稷养老苑，接地气，沾仙气，有文气，添福气，受到群众的称赞和欢迎。

正在院子里望月，突然听到一阵古筝声悠悠传来，循音前去，透过窗户一看，是张海红在游艺室演奏呢。只见她十指挥动，把一曲《彩云追月》弹得有滋有味，宛若仙乐。

这曲仙乐，带着传统的底调，透着当代的新韵，飞出后稷养老苑，飞下武功王烧台，飞往辽阔的远方，传颂着关中大地的厚土深情。

秦中风韵

汤 峪

在大雁塔下西影路头乘上中巴车，缓缓向南驶去，拐过了很多个路口，一会儿是水泥大道，一会儿又是沙土窄路，让人摸不着行径，但你别急，有司机把握着方向盘啊。颠颠簸簸了一个半小时，猛抬头，峻秀的终南山山峰撞进怀来，山脚下挂着一个镇街，这就是汤峪了。

尽管来的路上尘灰漫舞，口干舌燥，可到汤峪来的人心里却不急，因为下车后泡个温泉，一下子就舒坦了。

奔汤峪的人几乎都是一个目标——洗温泉澡。

亚洲温泉名汤，最早起始于中国的汉代。当时有个和尚云游，冬日经过终南山下，看到遍地茫茫的白雪中，有块地皮冒着热气，冰雪消融，他挖了个坑，有自然的温水汩汩涌出，他脱衣洗了个澡，非常惬意，索性留下来不走了。

中国的很多胜景都是僧人发现的，他们是当年的旅行家、探险家和追求美的人。温泉被发现后，人们趋之若鹜，同来享受。消息越传越远，传进了朝廷，唐玄宗是个挺有雅兴的人，即赐名"大兴汤院"，将汤峪正式开发为温泉度假村。

温泉流了近千载，其势不衰，仿佛地层深处有一口大锅，在不分昼夜地燃火烧水。刚出泉的水温 63℃，烟雾升腾，热气撩人。当年的"大兴汤院"，现在叫"陕西省汤峪疗养院"，御赐的命名石碑就立在院内。大门外形成了一条 200 米长的街市，叫塘子街。

塘子街在节假日是很热闹的，我留心看了一下，此地有四多。

一是旅社多，到处都挂着迎客住宿的招牌，什么"汤峪招待所""蓝人山庄""农家宾馆""绿色家园"等。后来听说本地的居民家家都办有旅社，房间里支张床就成，每晚的宿费 10 元起价，设备好带卫生间的所谓标准间也就 60 元。到了每年的农历三月，来洗桃花水的人特多，住宿还紧张呢。汤峪温泉是高温硫酸钠型优质矿泉热水，其中含有碘、氟、锰等多种物质，对风湿性关节炎、强直性脊柱炎、腰肌劳损、湿症、皮炎等病有治疗作用，并且疗效很高。身体有患的人就会来此包房住下，每天洗一次温泉，半个月一个疗程。洗一次澡 5 元，住宿 10 元，半个月的花费也就几百元，可是又治病又度假，多好呢。

二是饭馆多，有了流动的人口，就有了餐饮的供需，塘子街的两边支起了很多快食摊，有面皮、稀饭、搅团、春卷、炒菜、米饭，还有现炸的油糕、现烙的糍粑、喷香的肉夹馍；喜欢喝点儿小酒的人，自然会被野菜、"悄悄话"（口条拌耳丝）和干炸小黄鱼吸引了去。气势最大的，是现宰活羊，血淋一地，吓得女孩子哇哇叫。

三是诊所多，以中医治疗为主，悬挂的木牌或布招上，写明所治项目，什么按摩、浴足、风湿、皮肤病之类，还有月经不调、男女不育、阳萎早泄、房事不畅等。这些都跟温泉浴病有关联，算是热水经济的附带品。

四是玉店多，汤峪在蓝田县境内，而蓝田玉则早闻名于世，这儿有几家较老的字号，宽房大堂，玉器琳琅，绝不是其他一些旅游点上的小摊子。并且玉店的广告牌上，写着蓝田玉的历史、玉治病的原因，不是任嘴乱说一通的浅薄口号。

塘子街的背后，山口筑起一道石坝，坝内即汤峪湖。湖面虽然不很辽阔，但清澈可人，峭峰环立，风景秀丽。深处还有石门、刘秀窑遗迹、闯王屯兵故地等人文景观，给洗温泉的客人带来了更丰富的观赏内容。

汤峪湖沟内有新兴的农家乐，可住可吃可玩，是消暑的好去处。

返回的汽车上，邻座是一位本地的年轻妇女，而今在西安城里做生意，她说在城里住一段时间就想回家乡来，这儿风景好空气好，每天还可以洗温泉，并且当地居民凭身份证免费入浴，说得一车游客都羡慕起汤峪人来了。

温泉彩虹

以前在陕南的山峦间行走时，经常会于雨后看到彩虹，它突然在空中飞架起来，那由红、橙、黄、绿、蓝、靛、紫七种颜色组成的拱形状，与青山绿水构成壮观的画面，给人以惊喜和浮想。有一次在青藏高原上，为了拍摄彩虹，我们驱车追了好远。

我总以为彩虹是与山野、草原、湖泊有关，可是最近看到的彩虹，环境不一样。

9月中旬的一天早晨，我们到新开发的大唐华清城观光。过去，华清池已来过多趟。所以这次没有进园里去，主要看外边。原先那杂乱的房屋、纷繁的摊点、狭窄的包围，都被整洁的广场、优美的雕塑、良好的服务设施取代。我的感想是："江山还要文人捧，媳妇也须巧打扮。"

我们参观的第一个大型雕塑是"春寒赐浴"，杨贵妃站在高处，下边有侍女环围的平台，她们都被温泉水的雾气裹遮着，有一种朦胧的意境。

大家站在远处，听讲解员叙述那段千古闻名的"长恨歌"，还有镜头对着他们录像。我拿着小相机悄悄走出人堆，靠近池边，准备拍一些雕塑的细部。就在我用镜头取景的时候，眼前出现了一道彩虹，它闪烁在水雾上。这个池子只有几米宽，彩虹也就几米长，但它的颜色与山里的彩虹一样，鲜艳夺目。山里的彩虹很大、很高、很远，但眼前的彩虹精致而小巧，几乎伸手可触。

我对着彩虹按下了快门。浴女雕塑在云雾虹影的衬托下，更显出一番风韵。

大家都赶来围观、拍照，皆称奇。

有人说："是不是故意设计的，用灯光打出的效果？"但景区人员说："并没有这样的安排。雕塑已建成很多天了，今天是第一次出现彩虹。"

我说："如果能经常出现彩虹，这就是一道天然的特殊的景观了。"

但彩虹的出现与时间、地点、季节、气场、光线、温度等诸多因素有关。

以后还能不能在这里看到彩虹，看到几次，谁也说不准。

能看到彩虹的人，是幸运的人；会出现彩虹的日子，是好日子。彩虹象征着天空晴朗了，视野亮堂了。

今天就是个好日子，我们又去看了正在开发的临潼旅游度假区，只见骊山半坡的凤凰谷上，有虹桥飞跃；芷阳湖畔，有曲径通幽；荒野之中正现出点点意趣，让人流连。

回到家里，我说今天在华清池门口看到了彩虹，家人不信。我说有照片为证，家人说现在的照片也可以作假。

不过，今天同游的还有宗奇、克敬、朱鸿、庞进、范超、少樊诸君，他们可以作证。

奇境老县城

南北两山上的云雾像纱帐,将谷地包裹在朦胧之中。在秦岭南坡湑水河中游一个狭长的滩地上,坐落着一座老县城。城不大,周长千余米的用大卵石垒起来的围墙保存完好。城中只有一条街,9户人家,几十口居民,狗们、猪们、鸡们、牛们倒不少,因此还不显得太冷清。

老县城是动物的乐园。

被废弃之前,狭谷中曾热闹过一段时间。后来因为土匪猖獗,衙门撤走,居民搬离,它就渐渐地被遗忘了。半个多世纪以来,外界人很少进去,老县城藏在崇山峻岭中与世隔绝。连进山的羊肠窄路也长满了半人深的野草,花蛇、蚂蝗在草丛中游曳,偶尔有人蹚过,小动物们便会窃窃议论半天。

闲人少了,动物们高兴了。除了农户养的家禽牲畜,野生动物也会常来转转。

最爱喧闹的,可能是金丝猴了。每年冬天,山林里积雪寒冷,它们便会成群结队地来到开阔的老县城谷地玩耍。这些金发美女和帅哥们常常在半夜时分,从远方簇拥而来,在城外的树林里扎下营盘,彻日彻夜地嬉戏不停,也不考虑城里居民对它们的厌烦情绪。直到天气变暖,它们才匆匆撤走。

最为安静的,可能是大熊猫了。它们一般只是悄悄地来转一转、看一看,不太惊动城里人。只有一次,一只大熊猫病了,它才勉强爬进农家的厨房里取暖,被主人发现而获救。

最胆小的,可能是那些野鸡了。它们喜欢在河边、草地、城墙上嬉戏,但只要听见人的脚步声响起,立即展翅扑噜噜飞起,吓了行人一大跳。不过,它们提高警惕是对的,因为常有凶手提着双管猎枪找它们的麻烦。

最胆大的，可能是雄健的羚牛了。它们仗着身高体壮、犄角尖利，把其他动物都不放在眼中。有一次，老县城的西门外来了头羚牛，它身上那漂亮的白长毛发，在阳光的照射下熠熠闪亮。它像个骄傲的王子，站在城门口晒太阳。它毫不惧人，倒是人们怕它。人们大声骂它、赶它，用石头砸它，无济于事。它饿了，就在城墙边吃草；累了，就卧在城门洞里休息，一直坚持了十几天。后来人们忍无可忍，就派人去县上作了汇报。县上动物保护站的干部们拿着麻醉枪，要赶过来收拾它，走到半路，羚牛好像有预感似的，匆匆撤走了。但事情并没结束，羚牛好像感觉到了人们的不善，过不久，它又大摇大摆地来了。这次是两个老人先看见它，就冲它吼起来。羚牛毫不畏缩，直冲他们走过来。两个老人一看势头不好，急忙躲进房里。老大爷腿快，钻进床底下藏个严实，老太婆稍慢一步，刚跑进堂屋里，羚牛已赶到，犄角一扬，就将老太婆挑甩到了门背后。羚牛在房内转了一圈，没找到老大爷，才不慌不忙地转身离去。

动物会反抗人类的欺负，大自然也会报复人类对生态平衡的破坏。

老县城的自然风光很迷人。站在山头上望下去，周围的森林郁郁葱葱，绿荫之中是一片狭长的河谷草原。牛儿在草原上自由自在地吃草，中间散落着几座雅致的小木屋，屋前屋后有用白桦树树干扎起来的围栏。鸟儿在天空中纷飞起舞，云雾和炊烟冉冉升腾。不必添加任何装饰，它就是一个安静和谐的自然乐园。

然而我担心的是：这个乐园能够保留多长时间？

20世纪中期，老县城中建起了大熊猫保护站，修通了盘山公路。接着，谷地上的白色砖石水泥楼房崛起，游人闻风接踵而至。那些塑料袋、胶卷盒、水果皮等现代生活垃圾开始漫延，汽车的鸣笛声吓得动物们飞逃而去。听说去年的国庆假期，家家住满了游客。

但愿人们在欣赏这个秦岭乐园的时候，别忘了对原生态的维护。

武功麦香

白白胖胖的白馍，躺在盘子里，冒着丝丝热气，好像刚出浴的宝贝蛋儿。伸手捏起一个，不软不硬，略带弹性，手感舒服极了。凑在鼻前闻，馍中散发出的一股甜香使人陶醉。再用嘴唇去舔一下，那热烘烘的薄皮儿就缠着你的舌头不放了。忍不住，咬一口，轻嚼，绵软筋道，麦香浓郁，美味入喉。

这是我在武功享用白面蒸馍的感受。住在大都市里，吃着重复的饭菜，那些食材可能来自仓库和大棚，嗅觉及口感便被同化了，食欲完全是身体的需要，而不是贪吃的冲动，很久没有尝到那种来自泥土中的、原生态的、饱满的庄稼味儿了。

据说嚼这种白馍养胃，我连着吃了三个。

吃过白馍，接着，旗花面又被端了上来，这是武功独特的地方风味小吃，非常受欢迎。它用本地精面粉手擀而成，并把鸡蛋皮、葱花、黄花菜、海带丝等都切块，像小旗子一样漂在面碗中，似花非花，悦目醒神，故称"旗花面"。

旗花面酸香可口，我又连吃了三碗。

武功的面食为什么这样好吃呢？当然与土壤、良种、植养方法、收割时间、存储环境、加工手段等都有关系了。

两千多年前，神农后稷就在这地方教民耕种、稼穑之术，他建立了粮食储备库和畎亩法，放粮救饥，赐百姓种子，因而被后世称为农神。现在，武功古城东门外漆水之滨，就有个教稼台，是全国仅有的一处古农业名胜古迹，被称为世界上最早的农业科学技术研究所、中国农业发祥圣地。

到这儿,就知道武功面香的原因和根本所在了。

可惜不能常常吃到武功的好面,要解馋,还得驱车一个多小时。

最近一次到武功,县作协杜主席说:"我带你去看一个新地方。"

车向渭河方向行驶,出县城不远,看到路边"陕西农产品加工贸易示范园武功园区"的大牌子,再往前,上了武功与杨陵交界的渭河堤岸,眼前突然出现一群正在建设的高楼,杜主席手一挥,说:"这是武功的新亮点,金沙河粮食加工基地。"

这个粮食基地建在渭南草滩上,占地面积700多亩,投资20亿元。园区内,一边是工地,一边是芦苇荡,形成现代气息与原始荒野的鲜明对比。

基地由河北邢台金沙河集团投资,边建边投产,加速度发展。在矿泉水车间里,我们看到现代化的传输带上,连绵滑动的瓶子组成了长长的活动的图案,装水、加盖、贴商标、打捆儿等都是机械化操作,偌大的厂房里看不见工人的身影。

金沙河集团是大型粮食加工贸易企业,面粉销量全国第四,而挂面销量全国第一。

集团有10个优质万亩良田,60万吨小麦储仓,采用国际最先进的轻研细磨制粉工艺,保证了小麦原有的营养成分不被破坏,采用高压气力输送工艺,保证在生产全过程中产品不被外界污染。先进仿手擀工艺,高速搅拌,九道辊压延,保证了面条的筋道爽滑。全自动低温烘干技术,自动称量、自动包装、自动装袋。品种有宽挂面、窄挂面、刀削面、儿童挂面、营养挂面等600余种,日产挂面达到4000吨,通过公路、铁路运输,销往世界各地。全国每卖掉一百包挂面中,就有金沙河集团的产品。

是渭河沟通了"金沙河",是关中厚土吸引来了河北速度。

以后,全国将有更多的人能够尝到武功面香。

杜主席说:"你喜欢武功的馍和面,以后不用跑这么远的路了,街道上的超市里就会有的。但是,武功的文友还是欢迎你多来。"

我说:"那当然,除了面香,武功的山川形胜及作家美文也吸引人呢。"

大柳塔速写

天上的云

车到大柳塔时，夜色已经降临。

盛夏的西安，气温高达35℃，而大柳塔，比西安低10℃，并且风是凉的，不闷，于是晚上就睡了个好觉。

早晨多眯了一会儿，走出房间时，太阳已经出来，抬头看天，吃了一惊：怎么这般蓝？这是青藏高原吗？不对，这是陕西与内蒙古的交界处、鄂尔多斯盆地的边缘、神东煤炭公司的所在地——大柳塔呀。

爬上宾馆对面的坡顶，居高望远，广阔的天宇气象尽收眼底。

蓝色的苍穹是一展无际的大舞台，各种云朵是变化多端的自然精灵。左边，浓云列阵，像连绵耸立的山峰；右边，淡云飘浮，如轻盈舒卷的棉絮；头顶，彩云堆锦，似涌起而凝固的海浪；远方，碎云簇拥，简直是撒在草原上的羊群了……

稍停半晌，云彩又在天空演幻着模样。太阳是它们的灯光师，用强弱色射来调节氛围；风神是它们的调度师，吹动着队列疾飞或慢舞；而导演这场云图盛宴的，无疑就是大柳塔的土地神了。

晴空白云之下，地面上有一些高耸的蓝色塔楼特别显眼，这是神东公司的煤仓。再往下，还有蓝色的厂房和穿着蓝色工作服的工人。

蓝天、蓝楼、蓝装、蓝色的理想,构成眼前美丽的"神东蓝"。

地面的花

以往的岁月,我也曾到过产煤的矿区。记忆中,天幕上压着沉重的灰雾,树叶上挂着颤动的煤尘,地面上铺着黑黑的浮土,空气里飘着呛人的粉末。

可是在大柳塔,天空是蓝的,树叶是绿的,流水是晶亮的,空气是清新的。

宾馆外,垂柳婀娜多姿,丁香芳味扑鼻,槐花中彩蝶飞舞,爬墙草整洁悬挂。

步行十几分钟,就到了上湾煤矿。走进厂部大院,仿佛进了一座园林小区。道路两旁杨树排立,绿树成荫;围地中鲜花开放,艳色醒目;草丛中几只白羊昂首挺身,仔细一看,原来是雕塑工艺。

在一处路旁,我发现了个景象:围栏的铁条已经与树身长成了一体,你中有我,我中有你,相连互依,无法分割。

我们看到了明丽的环境,看到了自然景象,就是有一种东西没看到:黑煤。

来看煤,是我的目的。

可是,煤在哪儿?举目无见。

我怀疑地问:"这是矿区吗?"

工人说:"是的。"

"那么,煤在什么地方?"

工人手一指:"就在矿井底下。"

这时,我才看到,大院旁边有一段土崖,崖中开凿了个拱形洞子,就是一孔普通窑洞嘛,只不过,比我们常见的住人的窑洞高大一些。

那么，挖出来的煤呢？

在蓝色高大的煤塔里。

经过介绍，我才明白，大柳塔是绿色矿山，环保清洁度达到世界水平，地面根本不见煤，从地下开采后直接输送到煤仓里，而火车专线也开进煤仓。并且采用了井下绿色开采技术、皮带防尘罩、全封闭储煤罐、煤场防风抑尘墙、湿式作业、快速装车系统等。煤被装进车皮后，表层会被喷上凝固剂，然后运到海港出口，全程无浮灰。

所以，在煤城，人们看到的只有鲜艳的花色。

眼前的环保生态矿区，彻底改变了我的记忆。

井下的煤

要看煤，得到地下去。

我们在办公楼里换上了工作服，包括安全帽、护目镜、防尘口罩、矿灯便携仪和定位仪、防砸靴、自救器、手套等，全套下来几十斤重。

这是安全规定，每个下井的人都要登记。身上的定位仪，显示着你所在的位置。

下楼，上小车，在花园中驶向洞口，经过检查后进入。小车在黑洞中沿斜坡向下行驶了十多公里，就到了距地面百米以下的开采区。下车，步行到工作面。

矿洞里灯光亮着，约有四五米宽，六七米高，井壁上安装着整齐的锚网索，防止煤块下坠。通风管道高高架起，矿洞内空气清凉，一点也不沉闷。再往前，终于看到了十几米长的开采机，还有机头上直径三米多的刀盘。工作的时候，刀盘先打一眼侧洞，撑起支柱，让开采机进去，

刀盘启动，112个钻头迅速旋转，将煤层切割下来，煤块落在刮板运输机上，然后经过破碎机破碎，再拐个九十度的弯，上自移机尾后经

皮带机，直接运入洗煤厂。

今天上午是检修时间，我们没有看到机器工作，但清楚了现代化的采煤过程。

我第一次看到井壁上机器的切割面，有一段，煤层黑亮黑亮的，像镜面一样发光，干净齐整，一点也不肮脏混乱。手一摸，冰凉的，如黑色的冷豆腐。

同行的一位朋友是矿工世家，他见了这段煤层，大叫道："啊！这么好的煤，我们几代人都没见过。"他扑上去，先用手摸，像抚摸一件珍宝，然后将脸贴近煤层，感受它的光滑，最后伸出舌头，去亲吻煤面。

抬起头来，他的眼眶里已盈出泪珠。

原来，采煤人是这么热爱煤啊。

中国神东的煤区，是全球八块最好的煤区之一，这里产出的煤属于高热量、含硫低的优秀工业用煤，还可以煤制油。

冰冷与火热、凝固与爆发、沉默与呐喊、潜在的能量与适当的激发结合在一起，就产生了工业文明的奇迹。

煤如此，人亦如此。

工人的家

大柳塔是陕西神木市的一个新兴镇，其对面，是内蒙古伊金霍洛旗乌兰木伦镇。

中间的一条河，叫乌兰木伦河，蒙语为"红色的河流"。

眼前，用橡胶坝聚集起来的河水微波荡漾，风景怡人，两岸是高耸的大楼及美丽的广场。

煤矿工人喜欢说"咱们阿大县"。

这个所谓的阿大县，是中国神华集团神东煤炭公司所在地。

这个所谓的阿大县，人口最多的时候达到 15 万。

可是，三十多年前，这里是荒漠野峦、不毛之地。

1985 年，第一支煤矿工队来到大柳塔。当时，河里长满一米多高的野草，东岸的黄土高原纵横无垠，西岸的黄沙大漠不着边际。黄土的包围中有块小小的平地，其上长着六棵树，住着七户人家，经营客栈、饭馆，为过往行人提供歇脚之处。古时候，流放的犯人在土路黄灰中踉跄到这边服刑。做买卖的生意人从神木县出发，骑着毛驴颠簸四天到这儿，休整一下再顶着风沙北去包头。

煤矿工人自己修了四孔窑洞住下来，便开始工作。

后来，人员越增越多，队伍庞大了，设备更新了，楼房盖起来了，再后来……三十多年转眼而过。

现在，这儿有火车专线、高速公路，飞机场也不远。一河两岸，规模和气势超过了一般的县城。在绿林的佑护下，建着宾馆、电影院、超市、体育场、医院、学校等生活服务设施。每当夜色初上，新村里，人们在散步、交谈、休闲；广场上，音乐响起，秧歌队敲锣打鼓，载歌载舞。煤城呈现着一派幸福祥和的气象。

开一个矿井、绿一片土地、富一方经济。真是这样。

煤机工人丁明磊 8 年前从外地来神东应聘，身上带着全部存款 1000 元，交通、住宿费就花去了一大半，只好吃了 7 天的方便面，庆幸的是他终于被录取，工资年年上涨，福利也跟进。如今他有了房，有了车，有了媳妇和儿子，还获得了许多荣誉。

像丁明磊这样的工人，应该有很多。

他们热爱这个新城。

大柳塔人去省城西安出差，办完事就急急往回赶，他们嫌西安雾霾严重、气温闷热、交通拥挤、街区嘈杂，没有大柳塔清凉、宁静、舒坦。

现在的大柳塔，是一块福地哩。

黄河剪影

香炉寺

一条黄河，打造了许多绝景，香炉寺便是其一。

佳县的城区建在一个三面峭壁的大石头上，只有西边一条细细的"脖颈"与黄土高原相连。在过去，这是"一夫当关，万夫莫开"的险要地势。据说有一年打仗，敌军攻城三个月没有得手，最后只好自己退去。

这座石头城的东北与山峰延伸到黄河故道，突然像斧劈一样垂直断了。峰外3米处，耸立着一尊四周如削的巨石。石高20余米，周长15米，石顶平坦，盖着红色的小庙，远望上去，俨然蜡烛或者香炉，便得名"香炉寺"。有一块3米长的横木作桥，将寺与山峰连接。许多人不敢过这断桥，因为要悬身空际，如在云中。但过桥后进入孤亭中俯瞰黄河，则别有一番感受。放眼望去，只见滚滚的波涛从远处的两山之间奔腾而来，于脚下翻卷而过，冲向弯曲迷茫的下游峡谷。那种大气磅礴和冲击力，让你心潮澎湃，难以忘怀。

据寺内现存石碑记载，香炉寺建于明万历四十二年（1614年），山峰上的正殿是圣母祠，左右有配殿，南边有山门、石牌坊等。"香炉晚照"是佳县的"八景"之一,因为每当夕阳西下时,太阳的余晖将孤亭的倒影投射在黄河水流中,如诗如画,当地人称之为"小蓬莱",将之誉为仙境。

此地每年都有画家来写生,扛着"长枪短炮"的摄影师更是屡见不鲜。并且他们的作品还常常获大奖,黄河真是取之不竭的创作源泉。

其实,要拍出香炉寺的雄姿,最好的时机是早晨日出之际。那时,明丽而柔和的朝阳从河对岸山西境内的东山上冉冉升起,用万顷金辉照亮了远方层叠起伏的黄土山峦,又用点彩之笔勾勒出香炉寺的侧影。以山为背景,孤寺突起,水像镜面一样映出断桥,实为奇观。拍摄香炉寺要选好角度,才能展现出那山、水、寺、桥的和谐构图。这个最佳位置在城边一户人家的后院场上,因为好摄者接踵而至,住户颇有怨言,就筑起一面墙挡住来路,墙上还栽着玻璃渣。可是仍然无济于事,常常早上他们还在睡梦中,就有人跳过院墙来架起相机,无论如何阻止不住。所以有人建议说:"干脆把墙拆了,搞一个收费的摄影亭,备好桌凳和茶水瓜子,既有经济效益,又方便了观众,多好。"

可是,当地人没有这样做。

他们不靠黄河美景赚钱。

他们只想求得一份安静。

但香炉寺太吸引人了。踏访者的脚步就这样叩击着石头城。

乾坤湾

雄奇的黄河以弯折多变著称,向有"九曲"之誉。其实,在它5464公里的流程中,何止"九曲"?只不过中国人习惯用"九"字来代表多而已。在众多的黄河大拐弯中,拐得最秀丽、最漂亮、最有历史感和文化感的,当数陕西延川县境内的乾坤湾了。

早就看过乾坤湾的照片，也早想去目睹它的风采，可一直没有机会。一是杂事缠身抽不出时间（当然还要有心情），二是交通不便（离主要公路较远，下雨天无法通行）。

今年国庆假期，我得到延川县李副县长的支持，让他的司机小杨师傅陪我跑一趟。

车出延川县城，沿清涧河南下。路上正在施工，这儿是国家"西气东输"工程的干线，只见工人们在地上挖出长长的深沟，然后将粗大结实的天然气管埋下去。由于是土路，车辆多，扬起的灰尘遮天蔽日，前后数米看不清东西。

时行时停，东躲西让，走了约8公里后，来到一个叫马家河的地方，出现了三条岔路。小杨说："东边的路去延水关，中间的路本来可以到土岗，可前几天下雨塌方路断，现在只能从西边走。"于是，我们离开清涧河，拐上了西边的山路。车在沟里盘旋而上，一会儿就爬上山顶。举目远眺，黄土高原的风光尽入眼帘，那纵横起伏的山峁从脚下铺向远方，沟壑深切，地表破碎，线条的变化交错如人的大脑一样丰富而复杂，给人目不暇接的感觉。黄土高原上的山看不出一点儿高峻和巍峨，可它的敦实与深厚让你胸襟开阔，它的赤裸与坦荡又使你感到亲近随意。

两个小时后，车开到了简易公路的尽头。尽头处是黄河西岸边一个高高的山岗，三面是陡坡，只有一径可入。这是土岗乡的所在地，短短的一条百米长的街道横在山岗上，人们蹲在几家小商店门前晒太阳，一派安详自在的样子。我们的到来，除了扬起一阵浮灰，气氛没有任何的变化。待我下车，掏出相机准备拍照时，他们才一哄而散。惊扰了他们平静的生活，我稍稍觉得有些不安。

在乡政府大楼休息、喝茶，打听去乾坤湾的路况。乡长高兴地说："你们的运气好，路行哩。前几天还下雨，上下都不通。我给小程村的程海村长打个电话,你们今晚就住在他家吧。"车往回折了一公里,然后离开大路,顺一条土便道向东边的黄河峡谷滑下去。道路似乎是随着山势临时挖出来的,有些地方在山包与山包连接处,刚够小车的四个轮子通过,两侧则是悬崖。我的眼睛直视前方,不敢左顾右看,把一切都交给了司机。幸好小杨师傅有丰富的山路驾车经验,他稳稳地打着方向盘,不露丝毫的紧张。

从土岗到乾坤湾只有15公里,我们走了整整一个小时。路上行人很少,基本上是荒坡野岭。终于见到前方一个赶路的妇女,她伸手挡车,我们就停下来带上了她。那妇女的孩子在乡上读高小,她就在学校的旁边租了一间房子为孩子做饭。每个星期天,她抽身回家来照料一下。经常是步行,单程5个小时,来回需一天。偶尔能遇到农民的毛驴车到乡上买东西,就可以搭个便车。

下午六点半,我终于站在了乾坤湾的崖头。这时,太阳已经滑到了山后,没有光芒的照耀,山野变得更加清晰。在天黑之前的这段时间里,视线异常的柔和亲切。我清楚地看到,黄河在面前拐了个"S"形的大弯,弯里藏着两个小村,一边是山西的河怀村,一边是陕西的伏义河村。第一个弯道叫乾坤湾,对面的河怀村像一个巨大的圆圆的葫芦系在那儿,"葫芦"上的坡地、窑洞、树林充满生机。已是做晚饭的时候,有几缕炊烟淡淡飘起,一阵人喊狗吠声也隐约传来。"葫芦"的周围是深陷的圆形峡谷、平荡的河水,再远处又是连绵不尽的山峦了。望着这份奇秀和天工造化,你不由得要赞叹黄河真是大手笔,它随意地在地上划了一下,就勾出了一幅千古绝景和一个微妙的暗示,然后让人们来琢磨和研究大自然中包含的灵韵及天、地、人之间的关系。

之所以叫乾坤湾,是因为传说中的"三皇"之一伏羲在这儿居住时,常来"S"形的弯道仰观天象,俯视河山,根据自然的风水现象创造八卦图和太极阴阳学理论,开创了华夏文明的先河。他将世间万物划分为阴、阳两极，在八卦图上用黑、白表示。比如太阳为阳，土地为阴；男性为阳，女性为阴。只有阴阳互合，事物才能生长。从而总结出了气候变化、人类繁衍等自然发展的规律。伏羲的成果为人们提供了生活的理论基础，影响力久远。现在，中国的太极拳、八卦莲花掌等武术，就是在太极阴阳理论上发展起来的。农民对于季节变换的掌握、耕种时令的安排，仍然按照阴历来进行。

以上传说不是无稽之谈，有比较充分的依据，因为下游的伏羲河村，在远古时可能就是伏羲村，乃伏羲出生、成长的地方。据《延川县志·道光本》记载，今伏羲河村，在清代前叫伏羲河村。由于"羲"与繁体的"义"字结构相近，在方言中音也相似，后来人们为了方便书写，就将"羲"字写成"义"了。此外，伏羲的父亲雷神的居住地雷泽，就在延川县土岗乡的雷家岔村，离这儿很近。

虽然我们没有做详细的考察，可眼前这黄河的拐弯形状，正如太极阴阳八卦图中的"S"，而河怀村与伏羲河村所在的两个山头，恰似两条平放的"阴阳鱼"，这是极为生动的现实写照。夜幕已经降临，两个小村都亮起了灯火，岁月的发展与生息的延续从未停止。

我们离开乾坤湾，返身去山梁后的小程村。

坐在村长程海的家里，一盘大红枣吃得人肚胀，一碗玉米粥香得人周身舒坦。

在与村民的交谈中我得知，乾坤湾的宣传和研究，与一个人关系很大，那就是中央美术学院教授、中国民间剪纸研究会会长、油画家靳之林。2001年秋天，年逾七旬的靳教授从北京来到延川写生，他看到乾坤湾后就爱上这地方，于是一住数月，除了画画，他还跑到县上去要经费，为小程村拉来电源，又在乾坤湾上树起石碑，刻写了碑文。2002年春节，他在这儿召开了中国民间剪纸研究会非物质文化遗产延川年会，来自国内外的几十名学者共睹了乾坤湾的神采。村里的许多妇女在靳教授的指导下，剪纸艺术水平大大提高。我参观了村长邻居冯秀珍的作品，它们已摆脱了传统的单纯的旧样式，完全是面对乡土现实生活的创作。比如，她有个题名为"清水关"的剪纸，上面表现着黄河里的板船工、河岸上的石碾子、正在爬山的农民，还有毛泽东住过的三眼窑、窑前的枣树等，内容丰富而含意深刻，让人刮目相看。她们的剪纸已开始带来经济效益，被外地的游客购回去收藏或作装饰用。现在，小程村是延川县委、县政府命名的"民间艺术村"，延川县则是国家文化部命名的"全国现代民间艺术之乡"。

夜晚，躺在宽大温暖的土炕上，我想着一位艺术家的良知和奉献，想着黄河人民内蕴的智慧，想着黄河的景观与古老民族的融合积淀，想着这片保存完好的、原生态的民俗文化土壤，竟然久久不能入睡。

第二天清晨，窗户纸刚泛白，我翻身下床，又走到黄河边来。这时，峡谷里罩着一层薄雾，乾坤湾像个刚苏醒的女子，温柔恬静地躺在高原的怀中。黄河水在人们印象中向来是浑浊的、激荡的，可在这儿它呈现出一种安谧平和的阴柔美态。我想，远古的伏羲迷上她，近时的画家喜欢她，国内外的游客赞美她，不是没有道理的。

山梁上响起喇叭声，小杨已开车过来。

在崎岖坎坷的黄土便道上继续往前行驶，路旁的枣树枝不时地敲打着车窗。想着一路的险途，我感到乾坤湾真是一位藏在黄土高原深处的佳人，要领略她的美丽可不容易呢。要把乾坤湾介绍给国内外的旅人，的确有很多困难。

也或许，就让她保持在原始的氛围中，可能更具有一种旷远的吸引力。

伏羲村

这村子不大，几十户农家，数百口人，一色的土窑洞。它静静地聚集在半圆形的黄河滩上，背靠陡耸的山峦，村前的黄河呈弧形绕过，河水对岸是刀砍斧劈般的断层，悬崖上的两块石头像两只猴子，蹲在那儿注视着沙滩。

由于交通不便，这村子仿佛与世隔绝，很少有外人来，因此也蓄养着一股自在独立的远古之气。不过，近时，村民们平淡的生活氛围正逐渐被打破。在站立着石磨、碾子、果树的湿润村道上，已碾上了汽车轮胎的痕迹。

因为它是伏羲村，尽管现在县级地图上印的是伏义河村。可历史毕竟是历史，县志上有它过去名字的记载。

它在乾坤湾下游5公里处，有人瞻观了黄河太极图后，也就想来看看伏羲曾经生活过的村子。

据说远古时期，土岗乡这儿林木茂盛，水波浩渺，水边居住个风姓部落，其部落首领有个女儿长得如花似月，异常漂亮，大家称她为华胥（即凤凰）。有一次华胥出游，走到一个叫作雷泽的地方，无意中看到一个巨人的足迹，便好奇地用脚踩了一下，忽然红光罩身，她感应受孕，怀孕生下伏羲。司马贞《补史记·三皇本纪》中说："太皞庖牺氏……母曰华胥，履大人迹于雷泽，而生庖牺于成纪。蛇身人首，有圣德。"庖牺，即伏羲。在那时，人神合一，龙蛇相通，世界大同。

这伏羲聪明绝顶，后来建立了父系氏族社会，首创了男婚女嫁制度，又继承发展了结绳记事的经验，始画八卦，开始了中国记号文字的文明时代。许多年后，黄帝又在伏羲氏记号文字的基础上，创立了象形字。因此，后人尊黄帝为"人文始祖"，尊伏羲为"文明鼻祖"。

《易传》中说："伏羲结绳织网，教民捕鱼，这是取法离卦的形象。神农氏削木做犁头，弯木当犁柄，教民耕作，这是取法益卦的形象。日中为市，各得其所，这是取法噬嗑的形象。黄帝教人民穿衣服，这是取法乾坤两卦的形象。"现在流传的包罗万象的、深奥难测的著作《易经》，就是在伏羲氏的八卦学理念上总结编写出来的。

久远的历史扑朔迷离，许多问题说法不一，且不论它。我主要是看看伏羲的故乡，看看伏羲的直系后代们的生活。

伏羲村被包裹在密密的枣林中，正值金秋，枣树枝头上挂满了赤红饱满的大枣儿。早就听人说："能听到黄河水响的地方枣子最好。"伏羲村就在黄河水边，农民们主要的收入靠的是优质的枣子。打听了一下，每年每家大概能采摘几千斤湿枣，好的人家可以收入上万元，因此生活并不贫困。

村头的大树上挂着一截粗钢筒，这是传统的信号钟。村长如有事召集开会，敲一阵钢筒大家就会闻声而至。钟下，有几个孩子在玩耍，他们眉清目秀，憨朴可爱。当然了，人类已经繁衍了许多代，伏羲的人头蛇身也只是神话传说，你别异想天开寻奇觅怪。

我穿过村子，来到黄河水边。水流在这儿显得很温顺，对岸峭壁屹立，这边却一片平滩，能看出黄河对伏羲村的偏爱。

沙滩的枣林里，有一口铁摇把水井。我站在石砌的井口往下一瞧，水色澄清明亮。奇怪，它离河道仅几步之遥，却不见丝毫的黄态。

我转身正要离去，忽听不远处有人唱歌，扭头一看，是一位老汉挎着篮筐从河边走来。我仔细一听，他那苍老遒劲的声音唱的是《黄河船夫曲》：

　　你晓得，天下黄河几十几道湾，
　　几十几道湾上几十几只船，

几十几只船上几十几根杆，
　　几十几个艄公哟来把船扳？

　　我晓得，天下黄河九十九道湾，
　　九十九道湾上九十九只船，
　　九十九只船上九十九根杆，
　　九十九个艄公哟来把船扳！

　　以前，我也曾听别人唱过这支歌子，可从没这样的腔声地道、节奏奇绝，充满土气而不加修饰。看来，只有伏羲的后代土民才真正理解此歌的内在韵味。因为他们不是在表演，那种咏唱与感叹与生俱来。

　　我停下脚步，待老汉走近，问："大叔，你是老船工吧？"

　　老汉脸上绽出灿烂的笑容："是啊，是啊，不过现在老了，扳不动船了。"

　　我提出给老人拍照，他高兴地点头应允。

　　照完相，老人热情地说："到家里吃完饭再走吧。"

　　我心头涌上一股热流。这种亲人般的话语，给旅人带来不尽的温暖和踏实。

　　可我还得往前赶路。

　　我知道，以后我一定会抽时间来伏羲村住一住的。

　　这里，有一种回到故乡的感觉。

清水关

　　沿着高高的土岗镇的东侧，小车飞也似的向下盘旋驶去。山路狭窄，仅容一辆小车通过。山路又弯曲，像麻花般地扭来扭去。眼看着前方路尽，逼近峡谷，就要见到黄河了，突然有个小村子挡在崖头上。

这村子叫刘家山，是个古朴美丽的老村庄，离清水关只有一箭之路，它如一个安静温厚的老人，坐在黄河西岸的山头上。刘家山虽小，可它是见过大人物的。1936 年，毛泽东率军东征归来，曾在这儿住过一夜，那几孔窑洞还保存完好。村里有个希望小学，系著名散文家林清玄捐款援建，为此，清玄夫妇曾从台湾专程来这儿植树奠基。他触景生情，发出感慨："面对西北深厚粗犷的山水，有一种'天人合一'的感觉，陕北特有的黄土高原很壮观。"这位参禅悟佛的作家选中刘家山来做善事，其内因尚不详知，但陕北的山水对他有一种强大的吸引力也是毋庸置疑的。

穿过小村，步行一段，来到黄河岸边的悬崖上，脚下就是清水关了。

远远望去，黄河波涛不兴，平静自在地流淌着，它从北方逶迤而来，于清水关前随意勾出了一个"U"字形大弯儿，仿佛故意将对面的山头丢给清水关作渡口，然后又转身南下。雾霭中，浩荡的清水湾气象博大，远处山峦重叠，河道如白练飘逸，峡谷中弥散着神秘的气息。我和村长都默默无言。他抽着烟锅，望着河道，似乎还没有看够。我面对大景，心好像停止跳动，神已经飞出体外，在清水关上空翱翔，一时收不回来。

许久，我才发出感叹："好，太好了，真想在这儿住下来不走了。"

村长说："欢迎你来住啊。"他告诉我，林清玄等人曾站在这儿激动地呼喊起来，对身边的记者说："我到过美国、日本以及欧洲的许多国家，从没见到过这样壮阔美丽的图画。这景观不亚于美国的大峡谷，人到了这里心胸非常开阔。"他的这番肺腑之言，其实是一个很好的注脚，我想。

清水关是一个古渡口，是一个军事要地，脚下的清水崖上，可以看见遗留的嵯峨的石砌关墙。崖与墙之间，只有一条独径能够通到河边。台阶凿在一块巨大的悬石上，行走时必须手扶石崖，钻过狭窄的关口，真可谓"一夫当关，万夫莫开"。

顺着河边，有一长溜平地，据说过去这儿是个县城，一河两岸的群众都定时过来赶集。由于县衙的官员为民办事，作风清廉，人们称其为"清水衙门"。后来这个词语就流传了下来，成为一种象征和比喻。

现在，清水关渡口一片荒凉，只剩下一个破旧的小院。有两位老人守着一只木船，也守着古渡口的往事。周围的邻居先后全搬到山上去居住了，可他俩生在长在黄河边，远离黄河的水声就无法安眠。在别人看来，他们可能是孤独寂寞的，但他们只有生活在那些丰富的回忆和浪涛的细语中，才觉得心里踏实。

院外的山坡上，临河处有一个石碾子，两位老人常坐在碾盘上看风景。夕阳下，老汉搓着麻绳，阿婆纳着鞋垫，他们是那么和谐自然，那么安详从容。一对相依为命的老夫妻，欣赏着永恒不变的黄河美景，该是多么令人向往啊。

石碾子在当地人眼中，是农家的一条小青龙，而黄河就是大黄龙。据说当年毛泽东过黄河时，也曾坐在河边的石碾子上休息，并且开玩笑说："这也是一条龙哩，咱们坐在龙的身边啊！"

笑谈归笑谈，但陕北的黄土高原给了这位伟人一定的想象空间、一定的豪气和大略却是事实。

站在清水关前，我想到了这样一个问题：有些地方看起来宽广多样，可给人的感觉却是模糊狭小的；有些地方望上去单纯安静，但给人的冲击却是猛烈强大的。所以，丰富并不包含深厚，单纯也不代表浅薄。陕北的黄土高原就是后者，这正系它的魅力所在。

我想用相机拍出清水湾的全景，可装上20毫米的超广角镜头，也无法将它纳下。面对亘古苍茫的原始风景，真是一切的艺术工具都显得无能为力啊。

壶口龙吼

还没靠近黄河，就听见"轰隆轰隆"的鸣响声。怎么，变天了吗？我疑惑地望着阳光灿烂的天空。友人见状，笑道："不是打雷声，是壶口的涛声。"

的确不是打雷声，因为它的喧嚷一进入你的耳膜，就不曾停歇，并且越来越强烈。已经走到了黄河岸边，可还看不到瀑布的踪影。它不像黄果树瀑布、德天瀑布等，老远就能看见那飞跃流水，而是一种压抑的吼声，所以更让人心魂震颤。

跋过河滩，终于来到了激流的边缘，才发现壶口瀑布的不同凡响。其他瀑布是从天而降，水声嘹亮，如欢快的歌唱；壶口瀑布则是从地面向地心冲击，声响上扬，是沉闷的呐喊。其他瀑布水色透明，秀丽多姿；壶口瀑布则泥沙俱下，浊流浑浑。其他瀑布旁边有青山绿树为伴，似潇洒的行者；壶口瀑布则在赤裸坚硬的岩石中冲击，是艰难的耕者。其他瀑布顺势迤来，显得轻松自在；壶口瀑布则要开道夺路，呈现出暴躁不安。

站在岩石上望着猛烈的激流，望着四溅的水花，人能感受到一种壮烈昂扬的气势。那波涛击地发出的吼声，将世界上其他的喧嚣都遮盖了。

壶口地段的形状若一条龙。这激荡的旋流处就是摇动的龙头，水花是他的唾沫，彩虹是他喷出的气流。其下深凿的十里龙槽，是他蜿蜒曲折的身躯。那岩壁上一层一层的纹理，刻记着他摇动拍打的劳绩。

黄河是中国的一条龙，这大概是最形象准确的比喻了。这条大河从青藏高原起步，淌过甘肃的山沟，漫过宁夏的河套，侵入内蒙的沙漠，再南下时，就被浑莽的黄土高原挡住了去路。它毅然决然地"杀"入高原，"砍"出了一条通道。在秦晋峡谷里，黄河摇摆折行，曲转多弯，充分展现出龙的姿影和气度。它拼尽全力，默默前行，终于来到了壶口，遇到了最后一座山岗时，它再也忍不住屈辱了，就发出撼天动地的怒吼，"天下黄河一壶收"，凝聚着万钧之力的激流将山岗斩断，劈开龙门游进了广阔的中原地带。

秦晋峡谷是一条巨大的龙，而壶口地段则是它浓缩集中的再现。

"风在吼，马在叫，黄河在咆哮。"壶口瀑布已经不是一处单纯的风景，它成为一种精神的象征。每个时代、每个人都可以在这儿找到某些寄托、某些冲击和鼓舞。这是黄河内涵的丰富性和包容性。

你只要走近壶口瀑布，它的吼声就会不绝于耳，没给你留下喘气的机会。有些人难以承受它的巨大冲击，只好早早逃离。

你虽然远离了黄河，远离了涛声，可它在你心中留下的回响，却永远是抹不去的。

我愿意时常来壶口"充电"、补气，愿意用龙吼的振奋之声，将乱七八糟的杂音赶出心底。

守"钱"人

一

1994年春节刚过,乍暖还寒,细雨蒙蒙,人们还沉浸在岁尾年头的休闲时节中,余欢未尽。

早晨,陕西户县大王镇(今鄠邑区大王街道)兆伦村的村民毛明玉出了门,他骑着一辆破旧的自行车,戴着大大的草帽,车后座上绑着一个用塑料布包裹起来的箱子,箱子里是他多年来收藏的宝贝。

快中午了,毛明玉骑车到了省城西安,在文物局大门口停下来。

门卫问:"你干啥?"

他摘下草帽,答:"我找人。"

门卫又问:"找谁?做嘛事?"

他指了指车后座的箱子:"我找文物保护技术中心,请他们看看东西。"

经门卫联系,毛明玉抱着箱子走进了技术中心的办公室,介绍了他的收藏品,表达了他的推想:"听老人们说,两千多年前,秦汉时期有个统一铸钱的工场,叫钟官城,我觉得这个铸钱工场的遗址呀,就在我们兆伦村。"

省文物局的几位老专家，围着毛明玉带来的这些铸钱陶范、方砖瓦当、零乱钱币等东西，看了半天，说："你送来的这些文物很有价值，我们研究一下，向上级汇报之后，再给你答复。"

毛明玉出了文物局大门，掏出干粮嚼了几口，又蹬车返回。

他的心里充满了期待。

二

一周之后，毛明玉在家里正收拾他那些宝贝，突然听到屋外有人叫他的名字，出门一看，嗨，是省文物局的专家来了。

原来，专家们把毛明玉的发现以及他们研究之后的初步结论，及时向上级进行了汇报，文物局的领导很重视，决定成立"陕西省文物中心兆伦铸钱遗址调查组"，由年富力强的副研究员姜宝莲任组长，带领秦建民、梁小青等专家进驻兆伦村，展开实地踏勘考古调查。

几年后，调查报告《陕西户县兆伦汉代铸钱遗址》发表在1998年的《文博》杂志上，报告中说："兆伦铸钱遗址规模巨大，内涵丰富，是一处在中国货币史上具有承前启后里程碑式的铸钱遗址。"

这个遗址位于汉武帝时期上林苑范围内，距户县县城东北大约11公里，其地望与历史上记载的钟官城相符，从钱范出土情况分析，其铸钱时代与历史记载的钟官城相吻合。所以，调查组认为，户县兆伦汉代铸钱遗址就是历史上著名的钟官城。

2001年6月25日，国务院公布了第五批全国重点文物保护单位，兆伦村汉代铸钱遗址名列其中，且与汉长安城遗址合并。

毛明玉听到这消息，激动地流下热泪，几十年的梦想，终于实现了。

三

毛明玉是本土人,家庭贫寒。古长安这地儿,周秦汉唐十三朝,地下埋藏了无尽的史迹。

解放初,12岁的毛明玉看见村里大人们修苍龙河道的时候,挖掘出大量的铸钱陶范,当时人们不知道这是什么东西,就随意地将它们堆砌在河堤两边,小明玉心中对此留下了深刻印象。

初中毕业后,毛明玉应征入伍,在中国人民解放军陆军装甲兵学院西安分院服役,后来还考入了这个学院的工程系。此时,他从史书中意外发现王莽改革币制的介绍,于是他就来了兴趣,钻研起钱币史来。

从部队复员回乡后,毛明玉先后担任过团支部书记、民兵连长、村长等职务。在劳动中,他从地下挖掘出许多方石、红石板、砖块和板瓦,瓦上还有篆文,他找来字典、书法集,对照查出是"上林千秋万岁"等字样。接着又出土了汉朝初年的八铢半两钱和榆荚钱,还有古代造钱用的坩埚及陶杯等文物,他便把这些破砖烂瓦及生锈的麻钱小心翼翼地收集保管起来。

有一次,中国钱币协会在临潼召开"上林苑铸钱遗址学术研讨会",毛明玉去临潼旁听了会议,然后又拿出实物请专家鉴定,从而使他有了更大的信心。

钟官城铸钱遗址的消息传开,有歪道商人前来找他,要收买他手中的出土文物,被他拒绝了:"我虽然缺钱,但铸钱场的文物谁也拿不去,这是国家的。"

对遗址的保护,他白天晚上都在操心。有天半夜,村人来报,好像有盗墓贼在作案,他立即赶到现场,发现三个河南青年在挖遗址。他上前制止,并给几个年轻人讲文物保护政策。双方争吵起来,其中一个小伙子拿出刀子，威胁他说："你滚，少管闲事！"他转身就打了报警电话，大王派出所的民警很快赶来，将三人拘留。

毛明玉一家的生活并不富裕，但为了遗址，他自己先后投资3万余元收集文物，多年来，他向国家上交各类钱范钱币300多件。毛明玉积累了丰富的经验，对古货币的鉴别有较强的能力，成为难得的农民考古专家。

在他的带动下，村民毛芳明、余新昆、杨军等也先后捐赠出了自己收藏的文物。

他们是地地道道的守"钱"人，自觉地守护着这个"天下第一造钱工场"。

四

现在，兆伦钟官城铸钱遗址的发掘考古，还在进行中。

工棚下，考古人员用探杆、铲子等工具仔细地剥开土层，把各种铸钱陶范碎块、麻钱儿、云纹瓦当、井圈、坩埚、浇口杯、定位销、铺地方砖和炉渣等一一清理出来。

据考证，这个世界上最大、最早的汉代国家铸币工场钟官城遗址，占地面积1300多亩，这儿所造的"钟官"币，比罗马的"克拉"币，还要早1000多年。

毛明玉等兆伦村的守"钱"人，积极为考古工作服务，做好后勤保障。

不远的将来，一座"汉钟官城博物馆"将会矗立在西安古城的西郊，与东郊的"秦兵马俑博物馆"遥相呼应，诉说着秦汉王朝的故事。

办 刊 人

——记贾平凹办《美文》

每个人都有自己的某种寄托。这是他生存和前行的精神动力。

对于贾平凹来说，占据他头脑、垄断他精神、充溢他心眼儿、掠夺走他魂气儿的，恐怕只有写作。因为他天生是一个伏案笔耕的写书人，是一个纯粹的真正的作家，是一个对文学抱有虔诚的、毕恭毕敬的、宗教般越俗入禅的苦行者。似乎他的每一根骨头，都被文学的染剂浸泡过而质化了。

在商品社会的今天，这种地道的、优雅的文人，眼看着越来越稀少了。

贾平凹除了自己的写作，对公家、集体、社会上的诸多事务，多少有点心不在焉。时间对于他是宝贵的，他的时间观是吝啬的。然而近年，他却认认真真地做起了一件写作之外的事，那就是创办了一本杂志，并为此劳神费力。不管今后他的态度如何，起码开头是用心的、毫不马虎的。

这在贾平凹身上来说是一个特殊的现象。

这本杂志就是《美文》。

贾平凹之于《美文》，从越来越明显的社会效益上看是功绩昭著的，但《美文》之于贾平凹，有何种契机、何种内蕴、何种深远意义，这得由时间来证明，由文学史来阐述。

天时，地利，人和，对办一本杂志来说，仍然至关重要。

开头总是朦胧的。

一

莲湖巷在莲湖公园的东侧，公园则在西安城内的西北片上。这条由大莲花池街派生出的小巷很不起眼，巷内西安市文联的简易楼房就更不引人注意了。好就好在窗下就是公园，公园在人眼里，人在风景之上。荷叶青碧，莲花粉红，微风荡漾，花香扑鼻。车马声自远，幽静赖天成，很对舞文弄墨之人的心境。

安静固然好，可过于沉寂了就不令人满意。这里过去也曾出版过一本比较热闹的《长安》杂志。但1989年以后，杂志停刊了。

于是，巷内走动的作者、读者便渐渐减少，最后，吸引力终于消失。

作为具有三千年悠久历史的13朝古都，西安不能没有一本与它地位相称的文学杂志。市委、市政府的领导清醒地意识到这一点。一日，一个指示下达，新一届文联领导班子便紧锣密鼓地行动起来，开动机器，积聚力量，筹办新的刊物。

新杂志由新当选的文联主席贾平凹担任主编，这是组织的决定。服从组织的决定，平凹在此点上是从来不含糊的。实际上，筹备杂志的具体工作由老宋、老王担任。消息传出去后，许多文学界的朋友找到平凹，表示想到编辑部来工作。平凹总是淡淡一笑，回答说："我只挂个虚名儿，不管具体事，你去找老宋、老王他们谈吧。"

说是创办一本新杂志，可思路仍然摆脱不开过去刊物的影响——即综合性文学月刊，西安特色。仅刊名一事，就开了不少会，征求了许多群众意见，在纸上写了几百个名称，什么"西北风""西北角""黄土地""黄河水""秦风""泾渭""太白"等，挖空了大家的心思，充分发挥了文人咬文嚼字的专长。最后，集中选出了几个名字，呈送给领导圈定。

领导在"新长安"下面画了一杠，报送到省上。省上觉得这名字不太像文学刊物，又改为"长安文学"，报送到北京的国家新闻出版总署审批。

刊号控制得很严，老宋跑了几次北京，时逢平凹去美国参加《浮躁》英译本的首发式并参观访问，归来后他特意在北京停留数日，跑了许多地方疏通渠道。

刊号仍然迟迟批不下来。

新的编辑部已经组建，新调的同志也先后到位。按照上边的意思，可以开始组稿。于是，编辑们写了一封封热情洋溢的约稿信，发往四面八方。

可是，大家的士气总振作不起来，究其原因，一是刊号拖延太久影响情绪；二是最后的刊名有点儿陈旧，缺乏新鲜感，仍不很理想；三是像这样的综合性文学刊物，该怎样搞才能办出特色、办出影响，大家都觉得没有把握。

拜访了同行，考察了市场，正逢文学的低潮时期，一些过去有气势、有影响的大刊物和新潮锐进受欢迎的青年文学刊物，发行量也纷纷下跌到几千册，根本保不住本儿。

刊物如何办？文学向哪去？往前怎么走？成了编辑们日夜谈论的话题。

贾平凹显得很冷静，好像他是局外人似的。

一天下午，大平等人又在平凹家谈起办刊物的事。根据上边传来的信息，洞察各地刊物的状况之后，有人提出："可以办一本散文刊物嘛。"理由：一是现在全国散文刊物很少，只有天津的《散文》，广州的《随笔》等为数不多几本，但从文学形势的发展看，散文的读者越来越多，所以这些刊物的发行量都不低；二是陕西是散文大省，作者很多，贾平凹的散文就非常漂亮，他来办散文刊物更有号召力；三是散文容易办出特色，不愁稿源，也不会因稿子惹出多少麻烦事儿来；四是国家新闻出版总署控制刊号的原因之一，就是为了避免刊物的重复、雷同和一般化，现在西北地区还没有散文刊物，咱们办一本，刊号有可能会快一些批下来。

平凹听到这里，站起来说："其实，我早就想过办散文刊物的事，以前咱们不是还出过《散文报》嘛。只是我觉得一本市级刊物，搞成散文专刊，好不好呢？现在既然上下都有这个意思，那咱们就可以试着走这条路看看。"

第二天清晨，在机关住的爱睡懒觉的同志还未起床，平凹已蹬着那辆浑身"唱歌"的旧自行车飞进莲湖巷。与有关领导一碰头，立即召开了编辑部会议。

会上，平凹讲了办散文刊物的打算；讲到他前些天看过一本介绍中国古典美文的书，书中选的文章很精彩，尤其是每篇后附的短评更是小小美文；讲到我们要搞大散文，继承古典精华，重视"五四"传统，不搞抒情式的、浮艳的花花草草，注意不是散文作家的散文作品，因为散文作家有了固定的程式，而诗人、小说家、剧作家、画家等人的散文别具一格，有气势、有新意。

话音刚落，激起编辑们强烈的反响，你一言我一语纷纷发表意见，群情激昂，好像走出了黑暗的隧道，来到晴朗的天空下，前程无限美好。

主持会议的老宋又及时地提出了散文刊物的刊名问题，一位编辑机敏快捷地吐出两个字：美文。

大家一怔，继而异口同声地欢呼起来，一致通过。

《美文》就这样诞生了。

这世界上，大家都在寻找，寻找使自己惬意和满足的事儿。编辑编杂志，也是一种寻找，一种杂志性质和一个刊名的出现会使大家寻找到能够感兴趣的共同基点，这基点犹如火花，点燃众人积累的智慧薪堆。

贾平凹的热情同样被点燃起来了。

其实，他本身就是点燃薪堆的人。

人啊，有时候需要自己点燃自己。

当然，这是在不自觉中进行的。

二

果然，在西北地区办一本散文刊物的设想，与上边的意见是一致的。

《美文》的刊号，在1992年5月便批了下来。

大规模的组稿、约稿行动开始了。有的去"两湖"，有的去东北，有的去江浙，几路兵马，分头出击。

行前，贾平凹召集大家开了一个会。会上他讲了几点意见：一是编辑部要团结，齐心协力办好杂志；二是出外组稿要讲方法和策略，有老实法、谈心法、磨缠法等；三是坚持大散文观念，人人头脑里都要有一个大概一致的办刊宗旨。

大家也要求贾平凹亲自撰写一份发刊辞，在发刊辞中谈一谈他对散文的看法和对刊物的设想等，有了这东西，编辑们的认识也就比较容易统一起来。

平凹答应了。

为了写发刊辞，他排除一切干扰，专门为自己腾了半天时间，闭门坐下来，纵观局势，梳理思路，选择恰当的角度和生动的语言来表达他对散文界某些问题的看法。

发刊辞只有二千余字，但头半天他只写了三分之一。他本是日出万言的快手，竟然进展得这样慢，可见他是慎而又慎的。因为他明白，这篇小文章一拿出来，就不全是他贾平凹的作品了，而会影响到刊物，还有刊物之外的文坛上的风风雨雨。

文章没写完，晚上的觉也没睡好。第二天清早，他披衣起来趿着拖鞋，又坐到桌前提起笔。这种文章，思考大于叙事，理念多于抒情，写起来自然费力。烟抽了不少，茶冲了几回，措辞达意几经周折，终于圆满地画上句号。

搁下笔，通读一遍，甚觉痛快，心中有一种要向人宣读的渴望。一看手表，将近十一点，还有半个小时就下班了，得让编辑部的同志们也及早感受感受，因为大家都等着他的"货"呢，抓紧时间还来得及。

蹬掉拖板儿鞋，拉出皮鞋，才看见自己是光脚丫，需要穿袜子。可是袜子也不知放在哪儿，他找了几处，均不见这种细小的又离不开的臭物件。而时间呢，却在一秒一秒地飞过去。干脆，他赤脚套上了黑皮鞋，下楼、骑车、急驰。

十分钟后，他气喘吁吁地跑到编辑部的楼上，喝一声："都来，我给大家念发刊辞。"

同志们闻声而至，拥挤在老宋的办公室里。贾主编站在窗下，手持文稿，咳嗽两声，清了清嗓子，用他那商州口音朗读起来：

亲爱的读者，我们开办了这本杂志，这本杂志是散文月刊，名字叫《美文》……

我们倡导美的文章。为什么办的是散文月刊而不说散文说文章？我们是有我们的想法的。我们确实是不满意目前的散文状态，那种流行的几乎渗透到许多人的显意识和潜意识中的对于散文的概念，范围是越来越狭小了，含义是越来越苍白了……散文是大而化之的，散文是大可随便的，散文就是一切的文章……

中外的文学史已经证明：真情实感在，文章兴；浮艳虚假，文章衰。文学史上之所以有大家，大家之所以出现，就是在每一个世风浮靡、文风花拳绣腿的时期有人力排除腐，复归生活实感和人之灵性……

我们的杂志不可能红爆，我们不是为了有一个舒适而清雅的职业办杂志，也不是为了敛钱发财。我们的杂志挤进来，企图在于一种鼓与呼的声音：鼓呼大散文的概念，鼓呼扫除浮艳之风，鼓呼弃除陈言旧套，鼓呼散文的现实感、史诗感、真情感，鼓呼更多的散文大家，鼓呼真正属于我们身处的这个时代的散文……

我们的鼓呼，虽然竭力，效果却可能微乎其微，但我们确是意气相投的一帮散文的爱好者，涌动着一种崇高的感情而勇敢起来办这本刊物的。我们是一群声音不大的小狗，挥动的旗子可能仅仅是大人肩头上的小孩子手中的小三角旗子，所以我们相信读者会可爱我们，可爱我们的杂志，为我们投稿，为我们提建议把杂志办好……

文章念完，办公室里爆响出热烈的掌声。主编的发刊辞，的确说了大家心中想说的话，坚定了办刊的方向，鼓起了工作的热情，增强了肩上的使命感。

这是一篇宣言式的东西。

这是编辑部的第一号文件。

主编是认真的，编辑们也是认真的。他们是一帮对文学工作抱有虔诚情态的纯正信徒。

主编是沉静的,编辑部里大多数同志也是沉静的。然而今天,主编身上出现了少有的激动,他的情绪能不感染大家吗?

激昂的议论声使莲湖巷不平静了。

议论完毕,已是中午1时许,回家吃饭显然来不及了。老宋耍了个大方,说:"大家一起到街上吃顿饭吧。"吃什么呢?每人吃了一碗两块钱的羊肉泡馍。全编辑部总共花了不足二十元。

这是编辑部的第一次集体会餐,就这么个水平。因为没钱,更舍不得花钱。

说出来让人笑话。但大家心里是热的,羊肉泡馍更能增加热度。

主编在前边走着,赤脚片儿穿皮鞋,不合规矩,不像样子,有失大雅风度。可他却潇潇洒洒地早忘乎所以。

这一幕,成了西安闹市街头永恒的风景。

三

创刊号稿子集起来后,送到贾平凹手中。

贾平凹曾做了许诺,对重点文章进行点评。

这是《美文》杂志的绝活儿。

他一边翻阅作品,一边随手用笔在稿笺上记下感觉。

对《卖车记》,他写道:"要注意选发此类贴近现实生活的作品。"对《石钟山乱弹》,他的意见是:"这类文章,应注意采用,写得太学者化了点。"看完《五十心境》,他提出了自己的观点:"前头和前半段确实不错,后边拖了些,能否改改后边?彻底地模仿生活会失去散文的独立品格。"对文学新人张青野的自然来稿《初恋之恋》,他的评价是:"写得平实,但很感人。文字很干净。"对于何立伟的新作《儿子》,他只写了一句:"何立伟是有灵性的,要用。"

这些评价都是零碎的、片断的,但准确、深刻,有独到见地,对大家很有启发。

点评后来变成了"读稿人语"。

创刊号的"读稿人语",文字不长:"读老作家文章如进寺遇长老,想近前又不敢近前,怕他早看穿了我的肠肠兜兜;不近前又不知那是一双什么佛眼,如何看我几多忙人。

"读《五十心境》,说尽了不惑,到底还惑。想起一友人游杭州归来,极力夸赞某一公园门口的对联怎么怎么好,问对联内容,说:'上联是□□□□□□□,下联是□□□□□□春,只记得最后一个字。'"

"王中朝淡,《雾村》懒。一个是老僧吃茶,吃茶是禅;一个是黑中求白,乖人说憨。周涛善冰山崩塌,与之可论天下英雄。何立伟独坐听禅,你只能意会他却能言传。同是女人写女事,《我与董小宛》人为狐变,《小黑》狐为人变,《我开餐馆》华而不实,却有独立之姿。"

短短219个字,谈出了创刊号的精髓,是评语,是小品,更是美文奇文。锦绣之短章,《美文》之绝唱,值得回味、咀嚼、咂摸。深受读者喜爱,也让文学同行们颔首赞许。

《雾村》的作者孙见喜对一个"懒"字琢磨许久,终不得其味。青年女作家池莉对"华而不实"的评价颇有微辞,难解其谛。一个"人为狐变",一个"狐为人变",使两位女新秀得到点化。对周涛、何立伟的断语更为高妙精确。

杂志下厂了。

关于刊物的封面设计和刊名字体,平凹都有自己的美学标准,他要求封面厚重、大气,刊名最好写成残缺的老宋体。至于内文的版式,平凹也要求开阔、大方,尊重文字本身,靠内容征服读者,少搞一些花花草草的图案装饰。

封面设计及划版请了一位闻名西安的青年装帧设计艺术家来搞。

他当然细心研究了主编的要求。

印刷厂很快送来了封面的校样,有人看后提出:底色的深蓝太重,红色的刊名往上浮,压不到实处,远看模糊;整体显得陈旧,缺乏刚创办的新刊物应该有的独具特色,看起来好像过期的《美术》杂志,放在一大堆刊物中跳不出来。

关于"美文"两个字,也有人说看上去像"美女"或者"姜文"。

总之,从封面上看不出来这是一本散文性质的刊物。当时,平凹住在耀县的桃曲坡水库写长篇。编辑便把刊物送到水库请他定夺。平凹深知艺术创作的理解、表现、距离问题,他只是提起笔来,在封面的"美文"右方加了一行"大散文月刊"字样。

校样拿回来,老王点头笑着说也只有平凹敢于加上这行字,敢于亮出大散文月刊的旗号。

这个"大"字,不同凡响。

一个"大"字,使人一眼看出刊物的新意。

一个"大"字,给刊物增添了生气、虎气。

一个"大"字,使《美文》忽地从期刊之林中跳出来,独领卓姿。

对于封面上"大散文"几个字,艺术界产生了不同的看法,有人认为这提法有点儿霸气。

其实,"大散文"不是自大,主要指的是选稿的范围和气度。后来,"大散文"成了一个流派,引起文学界广泛的讨论。

至此,《美文》杂志的风貌更明确了,更成型了,更成熟了。

四

9月中旬,刊物印出来了,尽管封面印刷不是很理想,但内容是上乘的。

9月23日,《美文》在莲湖公园的湖滨酒家举行首发式。这天上午,平凹早早就来到了编辑部,上楼后立即在一个编辑的桌前坐下,从口袋里掏出一张小纸片儿,上面记着他昨天晚上拟的讲话提纲。又随手拉来一个牛皮纸的长方形废信封,翻过背面,急匆匆地修改起讲话稿。

老宋走进来,问:"平凹,你看今日利不利,要不要放炮?"

平凹翻了翻案头的台历,今日是"秋分",下一个节气是"寒露",他沉吟了一会儿,说:"放。"

于是,立即有人买鞭炮去了。

湖滨酒家与文联只有一墙之隔,全套仿古建筑,门前就是碧水平荡的莲湖。坐在室内,吸着草味浓郁的空气,观着小船摇晃的湖景,如果再佐以美酒佳肴,不啻是种优雅的享受。编辑部把这儿选作了集会的场所,精明的酒家老板也大方地给予优惠。

10时整,党政领导、新闻界、文学界、企业界各方客人纷纷赶到。一串长长的鞭炮亮亮地响过,《美文》正式与读者见面了。

平凹在首发式上作了简短精彩的发言。他说:"《美文》的出刊,使从汉唐一路下来的西安城里毕竟有了一个集中发表散文的艺术园地。在筹办《美文》期间,广大作家、读者给了我们极大的鼓励,省市领导和各有关人士无不热情关怀、鼎力相助。新闻媒介、企业界、邮局系统、出版发行部门、美术家,都给予了最大关照。最让我们难忘的,是筹办刊物的过程中,全国各地的作家朋友给了空前的热情和极大的宣传,各地都有人主动来做我们的联络人、集稿人。陕西是全国散文大省,陕西有一支优秀的散文作者队伍,陕西的散文作家更是给了我们全力支持!可以说,我们的刊物是应运而生的,这样的气候和环境,这样的天时、地利、人和,是我们最大的财富和资本!我们的杂志要办成个什么样的杂志,发刊辞就是我们的宣言。我们的目标是,虽然这是西安市的杂志,但我们要办成全国性的杂志,要力争同天津的《散文》、广东的《随笔》三足鼎立,向国内散文界说话。我们在封面上写有'大散文月刊'的字样,强调'大散文'概念。所谓'大散文',一从内容上讲,要大气、大度、有大的境界;二从题材上讲,要大开放、大范畴,大而化之。现在的时代是一个宜于产生散文的时代,散文也必然要开而放之:论文、杂感、随笔、纪实、信简、序跋、小品、日记、谈访录、回忆录等,万事万物皆可进入文法,皆可绘入散文的七彩版图。大至安邦定国之道,小至细物感情。要紧的是让日常生活进来,让时代精神进来。摒弃矫揉造作,让真情实意勃发,通过各种文采展示改革开放的时代风貌。"

平凹的声音不大,但话语能平实地夯进人心里,他又一次强调了"大散文",再次阐明了《美文》的宗旨。

会上,西安市崔林涛市长也作了感人的讲话。他说西安市要重开"丝绸之路",重振汉唐雄风,需要一本高品位的杂志。平凹找他要办刊经费,他大力支持。他希望刊物有西安特色,所以喜欢带有"长安"字的名字。后来改成"美文",他开头不理解,以为又要搞庸俗的、迎合读者口味的东西了。后来,平凹专门向他作了解释,他说平凹你别担心,钱我是会给的,至于刊物怎么办,平凹你是专家,我听你的。

市长对作家、对文学的理解和信任,使在场的听众都为之感动。

来宾也纷纷表示了祝贺和鼓励。

编辑部的同志当然激动了,有人说:"今天是《美文》的节日。我们以后应该把每年的9月23日定为'美文节'。"

外界同行曾一度评议:《美文》编辑部气氛很好,文心相亲、相同,不像有些地方文人相轻、相争,内斗严重。

这与平凹的号召力有关系。

大家能集合在《美文》的旗帜下也是前生有缘。

五

　　创刊号发行以后，在国内产生了普遍的好评。一万多册刊物，供不应求。编辑部没有存货了，时过半年，仍然不断地有众多的读者和各地作家、编辑写信，以求得一册创刊号留作纪念，或配齐藏刊，十分抢手。

　　1992年，《美文》出版了四期，创刊号、创刊二号、创刊三号、创刊四号，重复地强调创刊，如此编序法，在期刊出版史上恐怕也是绝无仅有的。

　　平凹亲自写信向许多作家约稿。编辑有时去外地组稿，也请他写封短信作路条。

　　在创刊二号的"读稿人语"中，平凹写道："如果能把文章写得辉煌灿烂的莫言，能在他的文章中读出如莲的喜悦的史铁生，能不断地制造高峰的王安忆，还有我们又忌妒又不得不叹服的刘恒、苏童、余华们的作品组织来，我们会怎样地欢呼呢！为此，我们微笑着向他们公开约稿。"

　　这种在刊物上公开指名道姓地约稿，大概也是平凹的专利和特权了。老作家冰心、孙犁、萧乾、汪曾祺、徐迟、碧野、施蛰存、季羡林、流沙河、从维熙、李国文、菡子、牛汉、林斤澜，红学家周汝昌，学者张中行等均把他们的新作惠寄给《美文》，众多的青年作家也积极为《美文》写稿。

　　台湾著名作家、教授余光中先生在致贾平凹的信中，称赞说："贵刊在稿约中，将美文的定义开放到包罗万象，连杂文也在其列，实为通达之见。我一向认为《过秦论》一类文章，虽不以美为务，其为美文则一，盖言之有物，始能成为美也。"徐迟在致贾平凹的信中也写道："祝美文文学从贵刊上散发出巨大的光华来,兴我华夏文学。"国家新闻出版署期刊司司长张伯海说,他"寄希望于《美文》"。

《美文》还发表了张艺谋的《"红高粱"导演阐述》、张村辑的《菩提寺志》、四通公司的《"四通"的广告语》、肖语的《征婚启事》、陈忠实撰写的悼词《别路遥》、李敦复的《在欢迎美国客人会议上的致辞》、湘仁的《老同学聚会上的开场白》、王金岭的《读画录》、谢园的《他叫陈凯歌》等一系列别致的文章,受到读者的欢迎和好评。

一本刊物的创办能收到如此强烈的反应,在经济高涨、文化低潮的社会境况中实属不易。编辑们喜形于色,尽管大家的生活条件很差,没有住房,没有相应的补贴,日子过得紧紧巴巴,但工作起来个个情绪饱满。

平凹在接受《新闻出版报》记者采访时说过一句话:"办好一本刊物,拥有一份财富。"

这是一种精神境界。

主编的话说出了大家的心声。

贾平凹在许多文章和场合中都说过,自己是一个木讷呆板的人,爱幻想而少行动。

对《美文》杂志投入的激情和时间,同志们都看得很清楚,这只能说明他爱这本杂志。

这本杂志也能激发他的兴趣和情感。

《美文》的创办,在贾平凹生命的长河中,是一个突起的浪头。

一本杂志是一条河流。

浪潮已经涌动,是走向狭窄琐细呢,还是渐趋波澜壮阔?

不管怎么样,开掘这条河流的人,应该被重重记上一笔。

壹号秘境

一

出蓝田县城，沿灞河东行15公里，有一条隆起的黄土梁引人注目，它就是蓝田猿人遗址公王岭。

1964年5月，著名学者贾兰坡率领的考察队，在公王岭红土底部的钙质结核土壤中，发现了一个不完整的中年女性头骨化石。其头骨宽阔而圆钝，轮廓呈楔形，高度很小，壁板厚，前额低而宽平，眉脊粗壮，眼眶略呈方形，鼻子短而扁，颌部前伸，牙齿粗大，齿冠坚短。同时，还在周围挖到了不少旧石器和古生物化石，里面有牛、马、鹿、猪、熊和貘等十多种。

经科学测定，蓝田猿人距今115万~65万年，属第四纪更新世早期。因发现在蓝田，属于亚洲人种，按照国际科学记名惯例，定为直立人蓝田亚种，我们通常把它叫作"蓝田猿人"或"蓝田人"。

蓝田人遗址因其年代古老和特殊的考古研究价值，曾被评为"20世纪中国百项重大发现之一"。

在秦岭北坡发现蓝田人遗址，说明秦岭这条山脉，乃是中华民族的祖脉。

据史料记载和科学家研究，很多年前，这一带气候温暖湿润，自然条件怡人。在茂密的森林和广阔的草原上，那些活动着的动物可供猿人猎取，繁茂植物可供猿人采集，流淌的河水可供猿人饮用。

蓝田人当时群居在这儿，过着自力更生的生活。他们的劳动工具主要是自己动手打制的粗石器，有砍砸器、刮削器、石片、大尖状器及石球等。

现在已知与猿人同时存在的动物大概30多种，既有大角鹿、水鹿、斑鹿、大猫熊、猕猴和鼠类等可供猿人猎食的森林草原动物，也有豺、虎、猎豹、野猪、剑齿虎等猛兽。

那时的生活画面肯定很激烈壮美，野兽奋蹄逃窜，猿人持器追赶，搅起尘烟弥漫。我们想象起来，这些都充满了奇异和神奇的色彩。虽然后人不断用笔墨来描绘原始生活，但总是显得呆板乏力。

蓝田人与动物斗争、依自然而生存，慢慢地发展壮大起来，那是真正的创世纪啊。

但是，人类进步，自然退化，这是无法阻止的事实。

到了20世纪，公王岭已经变成一个隆起的野草坡，一派荒芜。

二

"我第一次爬上公王岭，走了半天，没有看见一棵树。满坡全是乱生的荒草，凄凉得很呐。"潘锋登回忆当时的情景，感慨地说。

2007年冬天，县上同意潘锋登带领退役军人创办农业公司，他为了寻找适合开发的地方，就爬上了公王岭。虽然山坡上毫无生机，但成本低、地势高，站在山顶，可以看见老家，看见辽远的山谷地带。他这人喜欢高处、喜欢远望，于是决定把公司就办在这儿了。

他们在山坡上搭起了简易房，招来了近百名农工，开始劳作。一部分人在前边割荒草，一部分人随后植树。近乎一年时间，种下了5万多株树苗。

可是，两年过去了，荒草疯长，奋勇地与树苗争夺地盘，它们以原生的先天优势，长势很快就超过了树苗。农工们只好继续与荒草斗争，小心地分开树苗，割除杂生物。

又一年过去，荒草又长起来，拥住树苗。它们势力强大，数目众多，吸收了营养，贫瘠了新苗。

潘锋登坐在山坡上，心灰意冷，直想哭。三年来，他投入了不少财力人力，每年几十万，都让草吃了，没有看到任何成果。他心里直嘀咕：难道这公王岭上，只生长野草吗？

开弓没有回头箭，既然上了山，就不能败下去。咱这个"山大王"，当定了。

踏踏实实地干实事，下力耕耘，坚持到底，这是潘锋登做人的信念。

继续招来工人割草，佑护树苗。没办法，当时就有人说了，保护生态不打药，投资农业赔得多。

原来，树苗从外地来到这儿，有个成长的过程。别看它们三年才长一米，但适应了环境、扎稳了根须之后，长势就压过了荒草，往上猛长，势不可挡。

七年之后，新树开始挂果，每年结出核桃，逐渐繁盛。

他们在树林下养鸡喂兔，开展多种经营。空中花果摇曳，地上鸡鸭嬉闹，公王岭朝气勃勃。

但事物的发展，总是让人喜忧参半。树林密了，生态好了，猛禽野兽也闻绿而至。天空中的刁鹰、地面上的野猪都来抢食。鸡呀兔呀，因遇到天敌而惨遭摧残。

怎么办？国家禁止狩猎，政策不允许杀害野生动物，林下的活禽是养不成了。

此时，潘锋登的儿子从杨凌职高毕业，响应父亲的召唤，也来到了山上。

他们一合计，决定调整经营思路，在目前农业林业的基础上，发展生态旅游，引进时尚因素，突破传统模式，切合社会潮流。

他们还给这山头起了一个别有新意的名字：壹号秘境。

三

现在，壹号秘境的星空泡泡屋名列陕西网红打卡地第三，网络上的点击量已超过三千万。有网友拍了抖音，获赞达到六百万。

每逢节假日，山上小车停不下，只好延伸到山下的村子。

山上究竟有什么神异的东西，让游客蜂拥而至呢？

其实，说起来也不稀奇。

首先是清新的环境。树木高耸，绿树成荫，空气里含氧量充盈。野花扮天使，鸟鸣奏梵音。从西安到这儿，驾车一个多小时，算是交通便利了。

再就是餐饮。与传统农家乐比起来，餐饮有了口味的提升和精致的摆盘。区分开生活圈和普通农家乐的区别，因地势突高及面积宽阔并不设围墙，让游人有更好的用餐体验。

还有休闲娱乐项目。比如"密室逃脱"，主题一是《104研究所》，讲了在一个废弃的研究基地中，一群研究人员的后人在这里探索，揭开基地荒废的谜题，了解当年父辈因为利益犯下的种种恶行，并且找到其中的幕后黑手的故事。主题二是《冥婚古宅》，说的是旧社会的恶习并没有被完全抛弃，在一个遥远的山村中，有人还在进行着冥婚，一群玩家进入场景后情景再现，他们要想办法找出源头将这个地方的恶习彻底消灭。主题三是《灵山医院》，讲的是在一个废弃的医院中有一个邪恶的身影，他从来不会让进入的人活着出来，这是一场不公平的追逐赛，进入场景后努力生存下去才是唯一的目的，玩家在游戏中获取任务，完成任务获得逃生密码，躲避屠夫的追杀并且留下证据，逃出后让这个屠夫接受法律的制裁。

适合年轻人的娱乐有真人CS。采用水弹发射器打出水晶弹，有一定的疼痛感但是不会伤害到人。用这种水弹设备在规定的山地现场内进行一次对抗赛，将成员分为红、蓝两队，有多种游戏模式，如团队竞技、人质解救、夺旗模式等，这是一场酣畅淋漓的模拟战斗。

还有潘卡足球。在一个巨大的台球桌上，用足球当作台球，采用台球的玩法用脚踢足球，是一种非常有趣的休闲游戏。

丛林迷宫则是小孩喜欢的类型。在丛林里利用树行分离出来了一大片区域，这片区域的路线错综复杂，在探索的过程中还会发现很多的惊喜，很适合爸爸妈妈带着小朋友去玩耍。

剧本推理是当下风靡全球的一款桌面推理游戏，适合朋友聚会的时候玩。每个人会有自己角色，带着角色融入剧情，推理其中的爱恨情仇，将故事还原，了解当时的故事背景，找到真凶。

桌面游戏有狼人杀、阿瓦隆、优诺牌、德国心脏病、以色列麻将、步步为营、出包魔法师、矮人矿坑、炸弹猫咪等30多种。

麻将是国粹，是中老年朋友的喜好。

山上的悠闲吊椅，可以让喜欢安静的人在这里好好地享受大自然的馈赠。竹林中的观景台有下午茶，三五好友嗑着瓜子，看着风景，吹着牛，也是难得的享受！还有露天小酒吧，傍晚的微风拂来，以爵士乐作背景，天上繁星点点，山下灯火成阵，使人心旷神怡。

当然，山上最让游客神往的，还是特色住宿：星空泡泡屋。这是一种很神奇的住宿体验，是一种搭建在观景平台上的高级定制的透明帐篷，既能满足野外露营的需求，又能享受到高级酒店般的服务。这泡泡屋有七种不同的风格，可以满足各类游客的需要。一是西式泡泡屋：结合了多种网红元素，摇椅、吊篮、以透明镂空为主题的室内设计，很受年轻人喜欢。二是新中式泡泡屋：房屋中有新中式的沙发、屏风、木地板，整个主题以黑色、棕色为主，高档、大气、沉稳，受中年人喜欢。三是公主风泡泡屋：粉色主题和浅灰色地毯的碰撞，吊椅、坐垫、兔子耳朵床，满足了所有少女的公主梦。四是简约风泡泡屋：简约不是简单，看似偷懒其实用心，木地板、小地毯、吊椅，室内布置是很多白领喜欢的风格。五是轻奢风泡泡屋：宝石蓝的色系，配合金属的碰撞，打造出轻奢的感觉，野外的轻奢才是奢侈，很受小资家庭的喜欢。六是亲子闺蜜双床泡泡屋：两张大床，满足了一家三口、一家四口的需求，同时添加了很多可爱的元素在里面，让大人的房间稳重，让小朋友的房间可爱。七是王子风泡泡屋：高级定制帐篷中还有一顶小帐篷，谁小的时候不想拥有一顶属于自己的帐篷呢？今天就满足小男孩的梦。

各种泡泡屋内的基本生活设施，与大酒店里的配置并无差异，空调、电视、床铺、卫生间等应有尽有。不同的是，地面之上，屋顶和围壁全透明，人在室内，夜晚可以看星空，凌晨可以观朝霞，雨天可以望水流，冬天可以赏落雪……躺在懒人沙发上，便能观赏山野景色，感受大自然的四季变化，没有隔离感而富亲临性，这是一种极端的、神奇的人生体验。平时你在大城市中，是无法领略的。

将这些奇奇怪怪的东西整合在一起，秘境就有了吸引力。

四

潘锋登常常坐在泡泡屋前，远瞭山下玉川原野的变化。这些年来，高速公路横贯而过，漂亮新房越建越多，美丽乡村举目在望。

回想自己的人生经历，真是曲折多变，难以捉摸啊。

从远游子到"山大王"，步步艰辛。

1965年，潘锋登出生在蓝田农村。1983年，他应召入伍，在炮团指挥连做报务员。他在冰天雪地里培训、实习，为了掌握在特殊环境中的发报技能，他的手指甲都翻了盖。1985年10月，他们通信保障部队参加老山战役，主要任务是侦察上空飞来的敌机。一旦发现敌机出现，便立即上报给前线指挥部，我军所有雷达、导弹、机枪、高炮立刻进入一级战备状态。老山前线气候潮湿炎热，山高林密，常有毒蛇出没，可是为了祖国的尊严，为了人民的胜利，他日夜坚守，凭着坚强的意志，克服了常人难以想象的困难，圆满地完成了上级交代的任务。有一次，他机敏地发现敌机向我军靠拢，便及时向上级汇报，我军做好了充足的准备工作，使得敌机无法得逞，为此他获得了部队嘉奖。有一次发洪水，他和战友为了保证通信器材不受损失，顾不上自己的安危，扑进洪水中第一时间保护了器材。灾期没吃的，他把水泡过又晾干的硬面疙瘩，砸开做面糊糊充饥……后来，部队要给他记三等功，他让给了年龄大点儿的同志。

1989年，潘锋登光荣退伍。六载军旅生涯，他经历过战火的洗礼，养成了不怕挑战、迎难而上的坚强品质。

退伍后，潘锋登没有接受国家的安排，一直在外面自己做生意打拼求生存。他在县城做过饮料批发，恰遇连绵阴雨，加上金融危机，他赔个精光。于是，转到省城开出租车，加班熬夜，见多了人生冷暖。后来，他在城外的小巷里租了一间房开小商店，细水长流，慢慢积累了一些资金。十几年来，他吃了很多苦，受了不少气，但是也锻炼了他经商的能力，也为以后创业奠定了一定的经济基础。

2007年，他上山拓荒办公司，因优先雇佣本乡居民，解决了农村剩余劳动力就业难的问题，同时，又对当地农户开展技术培训，鼓励群众种植核桃、林下养殖等,农民都获得了很大的收益。他也多次荣获"农村党员致富带头人""退伍军人创业模范"称号。

眼下这壹号秘境的兴旺,是歪打正着的结果,他也没想到呢。

五

如今的公王岭,充满生机。

除了生态旅游,潘锋登意识到,依山、守山、护山很重要。山上的核桃林与绿化苗已成规模,他又种植了一万五千棵红豆杉。秦岭红豆杉是国家一级保护植物,不让买卖,并且大秦岭之中,野生古树红豆杉现仅存三百多棵,非常珍贵。红豆杉这树,24小时放氧,净化空气,并且还是医药材料。长到两米高后,便可移栽到园林及庭院,一棵售价近千元。此外,山上还有松树类二十多万棵,是受欢迎的城市绿化风景树。

近年,不断有商家上山来探问询价,想收购壹号秘境。潘锋登说,出多少钱他也不卖,绿色公王岭不是用钱可以称量的,这是他的心血之作,他要做"山大王"守下去。守护公王岭就是守护绿色,守护生态,守护家园的美丽和生活的净土。

他上山下山,经常从蓝田猿人遗址经过,有时就想,这儿是世界级的景点,但知名度和游客量一直不理想,啥时候能够把古人生活的岭下和今人活跃的岭上结合在一起,进行有机联系和有序开发,那公王岭可就不一般了。

蓝田、公王岭、壹号秘境,藏在地球的一个隐秘角落,注定要成为历史的注脚。

西安人的景观大道

西安城南的秦岭峰峦下,有一条宽敞的公路像素练一样系在山脚。它东去出美玉的蓝田,西触宝鸡的眉县,全长百余公里。

这条路上平时车不多,是新手练车的好地方。

这条路风景优美,一边是高耸的终南山,一边是宽旷的关中平原。路两旁生长着繁密地绿化带,在夏秋时节,翠色入眼润心,芳香扑鼻醒脑,一派江南的秀媚。

每逢节假日,这条幽静的"素练"就飘动起来,人们要经过它进山游玩,要在它旁边的农家乐里娱乐休闲。汽车欢叫着,笑语碰撞着,饭菜飘香着,大大小小的、轻轻重重的、花纹斑驳的各种鞋底与路面频频相吻,纠缠不休。

我称它是西安人的景观大道。

圣山名寺

环山路的南边,是终南山。它属于秦岭北麓的一部分,是世界闻名的宗教圣山。从古到今,无数的佛教信仰者打远方奔向此山,投师学佛或者隐居静修。我曾在山上遇到从台湾、新加坡等处来的一些居士,他们住在山崖下、茅棚间,孜孜苦悟,涵养精神。终南山的风景并不奇绝，但这儿沉淀的传统文化、山野气息、幽僻环境，构成了巨大的吸引力，悠久不衰。

沣峪口进去十几里就是净业寺，它是律宗的祖庭，其地势在长安的寺院中最高，沿着陡峭的石阶爬到半山，出一身汗，才进得寺门。前殿房子不多，但寺后的布局别具一格，有柴门、小院、棋亭、斋室等，宛若仙境。现在的住持本如法师知识渊博，是厦门大学艺术系的高材生，他的思维比较鲜活，颇得南怀瑾的赏识。

子午大道南口，北行数公里是香积寺，它是净土宗的祖庭，在长安神禾原的西南边缘。旁临潏潏河谷，面朝茫茫畴野，近些年香积寺在本昌法师的主持下，广举善事，得到各方面的援助，振修了门庭，立起了牌坊。我每次去香积寺，总要在院门前的场头停留片刻，抬头眺望，终南山清晰在目，那峰岭之间有烟雾弥起，我仿佛看到森林中执着攀缘的云游者。

环山公路东头的水陆庵，其内有3700多尊彩色佛像泥塑，被称为"第二敦煌"。中部鄠邑区境内的草堂寺，是"三论宗"祖庭，也是高僧鸠摩罗什译经的道场。

与佛教并存的道教圣地，也在环山公路的西段。老子讲经的楼观台，如今已是国家森林公园、著名的道教风景区。离它不远的大重阳万寿宫，在路北的鄠邑区祖庵镇，是全真道创始人王重阳的故地。

终南山下大寺相连，香火旺盛，以环山路为主干道均可辐射而去。

奇峰秀水

秦岭是一道巨大的山脉，横亘在中国版图的中心地带。它的南麓坡度延缓，村镇星布；北麓则壁峭直下，戛然而止，形成许多沟壑奇峰。

环山路的东头是王顺山，原名叫玉山，它兼有华山之险、黄山之秀，站在主峰玉皇顶上，可以东眺华山、西瞰长安、北观渭水、南望商州。杜甫诗云："蓝水远从千涧落，玉山高并两峰寒。"明代诗人刘玑也写道："天下名山此独奇，望中风景画中诗。"

环山路中部的翠华山，是西安人真正的后花园，考察此中的山崩奇观那是科学家的事儿，抽空去爬爬山、滑滑草，看看风洞冰洞，敬敬太乙真人，到民俗街上喝喝茶，到天池荡荡舟，抑或在林间别墅屋小住两日，倒是很好的休息。

环山路西头是太白山，那是喜欢户外活动朋友的"练兵场"，近几年常有登山者迷失其中，甚至去而无返，但仍然阻止不了勇敢者的脚步，可见神秘的太白山的魅力。

秦岭北坡上有72条峪，每条峪里都有水，都有野草掩映的小路。

蓝田的汤峪，是唐玄宗赐名的"大兴汤院"，现今叫温泉度假村。那天然的矿泉热水能够疗治许多疾病，每年农历三月是洗桃花水的时候，人多得找不到住宿的地方，塘子街上的居民，家家都办了食堂、旅馆，生意不错。

鄠邑区的高冠瀑布颇有气势。蓝田的辋川溶洞，既可"凌云"，又可"锡水"。还有沣峪河、太平峪河、涝河、黑河等，一些峪口筑了水库，库区成湖，可荡桨击浪舒放情怀，乐趣盎然。

环山路是山水之间的栈桥，引渡我们去亲近自然。

新园殊胜

每个城市都有人造风景，用它来适应现代人的情趣和爱好、娱乐和消遣。环山路边，近年也出现了一些有特色的新园子。

规模最大的当是秦岭国家植物园，从环山路南到秦岭梁下，峡谷溪流间生长着植物1600多种，有森林、珍兽、竹园、花圃，既是生态观赏园，也是科考试验区。每到初夏时节，满山遍野的杜鹃花迎风招展，亮目悦心。深秋来临，转为红叶璀璨，热烈壮观。

还有野生动物园，占地2000余亩，依山就势，设场立馆，拥有动物300多种，近万只。有老虎、白蟒、金丝猴、大熊猫等，散着的、圈着的、装模作样表演的，使人大开眼界，饱了眼福。

亚建高尔夫球场是新型高档运动会所，千亩草坪花红柳绿，喷泉假山、林木湖水交相辉映，终南山山色如屏侧立，各种娱乐及生活设施齐全。

西安城内的大学陆续南移，翻译学院热闹了太乙镇，西北大学现代学院给沣河岸添了锦绣，西北工业大学长安校区宏丽了东大镇旁。环山路边的高等学府，既是读书学习的场所，也是风景优雅的现代园林。

环山路的锦绣，改变了黄土原区的颜色。

现在，环山路还在延伸，新的景点还在增加。

工作之余，去环山路上走一走、看一看，可以舒缓紧张的情绪，施放郁闷的压抑，增加对自然的热爱、对生活的信心。

这条景观大道，将是西安人生活中的怡神之道、舒心之道、展喉之道。

秦晋大峡谷

　　黄河从遥远的青藏高原起步，流过草原、沙漠、山地，到了秦晋蒙三地交界处，一头钻进了苍茫的黄土高原，经历了艰难的奋力冲杀，最后踏上中原，去了渤海。

　　秦晋峡谷是天然的壮观景象，在这儿，你能看到流水不可思议的力量。从内蒙古自治区的托克托县河口镇开始，到陕西韩城市的龙门镇终止，约500公里的行程中，黄河仿佛是用斧头、锯子开路。与其他的在山谷间蜿蜒流淌的水流不一样，黄河峡谷的两岸没有特别高峻的山峰，大多数河道都是从高原上砍下去、锯出来，然后日日夜夜地扩展、打磨而成。那90度耸立的峭岸，那水刷的痕迹与土地深处的脉线，那奇妙的拐弯与转折，都使人目瞪口呆。有许多次，我坐在黄河岸边不想离去，它在我心中留下的冲击和张力太大了，它使我对浮世的匆匆及浅薄的人生有了新的看法，它让我无言可说，只想呐喊，可又一个音符也吐不出来。它是直接的、赤裸的、不加任何伪饰的大气，它是悄悄的、自在的、不虚张声势的浑厚。在它的面前打坐，人的心胸宽阔起来、旷远起来，宛若进入天、地、人合为一体的冥冥状态。

　　从地图上看黄河，它是一条盘绕在神州大地的巨龙。其实从高空中俯瞰秦晋峡谷，黄河更像一条翻动向前的腾龙。因为有了黄土高原的陪衬，黄河更显出了积聚的神力和攻无不克的能量。黄河是母亲河，龙是中华民族的图腾，我们常说我们是"龙的传人"。黄河奋力地冲进黄土高原，是不是为了来滋养和佑护这块龙的土地呢？

在封建社会中，一切帝王都是龙的化身。龙袍、龙椅、龙床，都具有象征的意味。那么，陕北的黄土高原上历代帝王活动的痕迹，也确是一种神秘的现象。

人文始祖黄帝，在这儿首次统一了原始各部落，开创了人类文明的先河。后来的秦始皇，又统一六国建立起秦朝，在这儿修筑了秦直道与古长城。"闯王"李自成，在这儿率兵起义，势不可挡直取京畿。人民救星毛泽东，在这儿养精蓄锐、运筹帷幄，夺得了中国革命的胜利。其间还有西夏王李元昊，在这儿出生成长；大夏天王赫连勃勃，在这儿建立皇城并最后安葬于黄河边的山岗……

秦晋峡谷两岸隐藏着许多古渡口、老寺庙及自然奇观，是当地人民心中的圣地，也是外界文人、游客向往的胜景。

还是从河口镇开始，往下来有准格尔旗魏家峁镇的黄河万家寨水库，偏关县的老牛湾及具有3000年历史的黄河村落，河曲县的西口古渡及娘娘滩，府谷县的长城、黄河交汇处，神木县的西津寺，佳县的香炉寺与白云山，临县的黄河险滩碛口古镇，吴堡县的千年旧城，延川县的乾坤湾与清水关，宜川县的壶口瀑布，韩城市的龙门等。再往下当然还有韩城市的司马迁祠及明清建筑党家村，合阳县的处女泉，永济市鹳雀楼、风陵渡、黄河铁牛，大荔县的丰图义仓，直至经过潼关之后，黄河才出了陕西，转向中原。

每一个景点，都经历了岁月更迭与风云变化，都蕴藏着说不尽的悲欢离合。有歌唱道："一朵浪花，是一个故事，撒向那神州古老的土地。"

近几年来，秦晋峡谷的考察和旅游活动渐渐升温，人们对峡谷两岸黄土高原的生态环境、风土民情很是关注，由于有新闻媒体及旅行社的加入，影响就扩大了。

　　但由于时间所限，往往是走马观花，未能深入下去。

　　秦晋峡谷上有5座大桥，是两岸往返的通道。

　　从西安出发，往韩城过龙门大桥去晋地。

　　从晋地返回，过壶口大桥去延安。

　　从延安北上，过吴堡大桥去临县碛口。

　　再从佳县大桥返回陕北。

　　最后从府谷大桥出塞，去河曲及偏关。然后从山西乘火车回西安。

　　这条线路值得一走。

　　每个过桥处都有不同的风景、不同的故事、不同的历史背景和现实生活。

　　如果有条件从秦晋峡谷中乘船漂流直下，那就会对黄河"龙的风采"，领会得更深刻了。

陕北写意

窑 洞

黄土高原刮风的时候，天地都变了颜色。面粉似的无边无际的黄尘，在大自然中肆意抛洒，凡是裸露的地方，它会毫不留情地进行彻底覆盖。路断人稀，生灵们都躲到窑洞里去了。

尽管窗外风沙横行，可窑洞里稳稳当当，因为窑洞本身就造在黄土里、藏在黄土里，它与高原没有分家。人离不开土。生要落土，死要归土。脚踩着土心里踏实。

陕北人创造了窑洞，窑洞为他们提供了依赖和生存的保护。窑洞里冬暖夏凉，地气充足，切合自然四季变化的规律。窑洞的顶端光滑饱满，仿佛圆通的苍穹，有无尽的承载力、亲和力、应变能力。顶着土，踩着土，立于土；土养人，土聚气，土生万物。陕北人的坚韧和耐性，与窑洞息息相关。住过窑洞的人，心性绵实，脚步稳健。干事只要上劲儿就不会放松，走路只要向前就不会后退。

李自成从陕北出发，一路打进了京城，创造了农民起义的辉煌。毛泽东曾在南方游击多年，没找到坚固的根据地，后来长征到陕北，住进窑洞，迂回在连绵纵横的黄土高原中，得到黄土高原的掩护、补充、营养，敛得了大气，革命取得了成功。窑洞和陕北给了毛泽东的，不只是豪气，还有诗情，他在陕北的窑洞里写了不少意满乾坤的诗篇。物质和精神是人生的两股气，缺一不可。

红枣补气虚，小米润肠胃，窑洞暖身子，一切都得益于黄土。窑洞聚敛了黄土的精华，黄土凭借窑洞而传神。

毛　驴

毛驴在信天游中经常出现，它与陕北人民的劳动生活紧密相连。有一首民歌这样唱道："一条条的那个毛驴哎，一条条的那个鞭；赶上了毛驴哎嗨，上哟上了山。毛驴儿欢跑鞭声儿脆，信天游声声满山川。"

毛驴深入人心。陕北人耕地用它，推磨用它，丰衣足食靠它，逃荒避难也靠它。毛驴身板不高，与马比起来，它显得矮小；与牛比起来，它显得瘦弱。但毛驴的适应性不同寻常，它既有耐力又显得温顺听话，能在许多场合贡献力量。比如婚嫁喜事，主人为它洗净皮毛，又在头上系起红绸，它便成了驮送新娘子的工具。那时节，穿着艳衣艳裤的新媳妇骑在它的身上，由它碎步颠簸在山路上。我想，在牲口的群落中，毛驴此刻一定引人注目，它也一定感到骄傲自豪。再比如，毛驴与教书先生走在一起，驮着青衣黄卷，它会显得文气十足；与吹鼓手走在一起，驮着锣鼓唢呐，它会显得乐感充盈；与小孩子们走在一起，它亦会露出灵巧活泼的样子……

20世纪60年代末期，听说有一位从大城市来的青年来陕北插队，见到毛驴亲切不已，又搂又抱，又亲又吻，还剃了个光头，与毛驴在一起照相。然后为了奖赏毛驴，将自己从城里带来的罐头饼干喂它食用。那年月，农村人很少能吃到罐头饼干，便不由得眼气毛驴。毛驴通人性，自觉低下了头颅。但受到如此厚待，不是它的过错。

毛驴与陕北人形影不离。有窑洞的地方就有它，有庄稼的地方就有它，有烟火缭绕、鸡犬相鸣的地方就有它。一想起毛驴，人们的心里就涌起温暖。

沙　柳

黑夜行车于陕北高原，常常看到小河边、沙地上耸立着一柱柱黑影，就像战场上的勇士。这是沙柳，一个不屈不挠的自然形象。

当地人叫它砍头柳，别具一种震撼的力量。它稳稳地扎根在沙地中，身材威武粗壮，头顶往上张开的枝杈，似伸向天空的手爪，在作无声的呐喊——是表示抗击风沙的意志，是呼唤老天甘露的降临，还是伸展征服了大自然后的雄姿？这些，只有残酷无情的沙漠知道。

还有一种弯弯曲曲的毛柳。它们身材单薄，细细的一根高挑杆，身上长满柔软的短枝，似乎发育不良。这是由于沙下少水、地面多风造成的畸形现象。但在平顺绵密的沙地上突起一片细长弯曲的毛柳来，那色彩和对比，那种扭曲之美，亦让人动心。

最绚丽和绰约的要数红柳了。它们形似长草，一丛丛蓬结在沙地上，身条是那么纤细单纯、不枝不蔓，颜色是那么油红闪亮、具有金属的质感。沙漠因红柳平添了无数风情，戈壁因红柳生出了女性的秀媚。远行客看到这些生机勃勃、潇洒玉立的条儿，恨不得伸出双臂去搂住它们。

另一种独见风姿的是小疙瘩柳。它们身杆不高，但分枝繁密细长，枝条上结出许多小疙瘩，仿佛凝固的音符，在天地之间弹奏抒情乐曲。

沙柳随年月和季节的变化也有所更新。像那砍头柳，冬天被砍尽枝干，但过一段时间又会长出细密的枝条来。那些枝条挨挨挤挤，看上去简直如同藏族姑娘梳留的满头小辫子，柔顺可爱。沙柳，是塞上的精灵，是陕北土地上生生不息的风景。